君の体温、僕の心音

～右手にメス、左手に花束2～

椹野 道流

CHARADE
BUNKO

二見シャレード文庫

目次

C O N T E N T S

イラスト――加地佳鹿

君の体温、僕の心音

1.

幸せに浸るあまり、それが幸せであることすら忘れてしまうことがある。

大切な人といつも一緒にいるあまり、その人がどれほど大切かを忘れてしまうことがある。

ささやかな日常は、まるで砂の城のように脆《もろ》く、儚《はかな》い。

大波に気づいたときには、もう手遅れなのだ。次の瞬間、波は身体《からだ》を濡《ぬ》らし、そして砂の城を跡形なく流し去るだろう。

それでも……たとえ無駄な抵抗に思えたとしても、両手を広げて波に立ち向かえるかどうか。大切なものを、身体を張って守れるかどうか……。

おそらく神様は、時々人間に試練を与えることによって、彼らに教えているのだろう。

「勇気」とは、そして「愛」とはどんなものかを。

勇気が、すべてを守ることを。愛が、すべてを育てることを……。

＊　＊

「う……ん」

眩《まぶ》しい朝日に鼻先をくすぐられ、永福篤臣《えいふくあつおみ》は目を覚ました。眠い目を擦《こす》り、視界いっぱいに溢《あふ》れる光を両手で遮る。

「ちくしょー、いい天気だぜ」

何がちくしょーなのか自分でもわからないままに、呻《うめ》きながら首を巡らせる。

枕元の時計は、九時四十一分を指していた。日曜日にしては、やけに早起きしたものである。

鈍い腰の痛みを堪《こら》えつつ上体を起こし、ベッドヘッドにもたれた篤臣は、ふと傍らを見た。大きなダブルベッド。その左側に、篤臣はいる。この部屋の、このベッドで眠るときの彼の定位置だ。

そして右側は、頭の形に凹《へこ》んだままの枕を残し、空っぽになっていた。

そこにいるはずの人物……つまり、この部屋の主であり、篤臣の恋人である江南耕介《えなみこうすけ》の姿は、どこにもない。バスローブが、無造作に布団の上に脱ぎ捨てられているだけだ。

「……日曜だってのに」

篤臣は思わず、苦い呟《つぶや》きを漏らしてしまった。触れてみると、シーツはすでに冷たくなっている。

外科医である江南は、おそらく急患で病院に呼び出されたのだろう。ベッドに入るときに枕元のテーブルに置いてあった携帯電話が、なくなっている。

着信音で篤臣が目を覚まさなかったのは、おそらく江南が信じられないほど素早く通話ボタンを押してしまったからだ。

——当直のとき、呼び出しの電話にワンコールで出んと、オーベン（指導医）にどやされるんや。

研修医だった頃、江南が苦笑いしてそう言ったことがある。江南が所属する消化器外科は、外科の中でも特に「体育会系」なことで有名だった。

だから江南は、携帯電話の着信メロディにもまったく無頓着《むとんちゃく》だ。何を入れてあっても、すぐに応答するから意味がないのだろう。

もしかすると、篤臣が勝手に着メロを「箱根八里の半次郎」に変えておいたことに、まだ気づいていないかもしれない。

（……ちぇっ）

篤臣は、江南の脱ぎ捨てていったバスローブを羽織り、寝室を出た。

とりあえずバスルームで、熱いシャワーを浴びる。

（なんだかなあ……）

汗でべたついた身体をスポンジで擦りながら、篤臣は溜《た》め息をついた。

（久しぶりに、今日はゆっくり過ごせると思ってたのに）

浴室に取りつけられた大きな鏡に映る自分の姿。身体のあちこちに散った赤い痕跡《こんせき》が、篤臣に昨夜《ゆうべ》のことを思い出させる。

自分を貪《むさぼ》るように抱いた江南の腕の力強さと身体の温かさを思い出すと、余計に彼の不在が、心に痛かった。


篤臣と江南の出会いは、もう十年前に遡《さかのぼ》る。

たまたま出席番号が隣同士だったことがきっかけで、二人は入学式の日に知り合った。人懐っこく誰《だれ》とでも気軽に話ができる篤臣と、容姿も言動も、どこか他人を拒む雰囲気を持つ江南。

まったく対照的でありながら、二人はなぜか意気投合し、学生時代を通してずっと親友であり続けた。

途中、江南の恋人、渚《なぎさ》が原因で、二人の間がぎくしゃくした時期もあった。それでも江南は篤臣に対して複雑な想いを抱き、一方の篤臣は兄のように江南を慕いながら、二人はともに六年という月日を過ごした。

卒業後、篤臣は法医学教室の大学院生に、そして江南は消化器外科の研修医となり、一時二人は疎遠になっていた。

だが、江南が法医学教室の研究生となり、二人は再び多くの時間を共有することとなる。

そんなとき、国際学会で出かけた箱根の温泉で、それまで篤臣に対する想いを頑《かたく》なに抑えていた江南が、酔いに任せて篤臣を強姦《ごうかん》してしまうという最悪の事件が起こった。

心身ともに傷ついた篤臣は、江南に絶交を宣告し、二人の関係は、そこで潰《つい》えるかに思われた。

だが、江南が手術中に過労で倒れ、その際の負傷でエイズ感染の危機にさらされるという予想外の出来事に、篤臣は自分の中で江南がいかに大きな存在であるかを知ることになった。悩んだ末、篤臣は江南を受け入れるとともに、自分の中の江南への想いをも真っすぐに受け止めた……。

こうして二人は、出会って十年後、お互いの関係を、「親友」から「人生のパートナー」へと変化させたのだった。

そして、篤臣が江南のマンションで暮らすようになって、もう半年になる。

恋人同士になってしばらくは、互いの家を行き来していた。

だが今は、家具こそ下宿に残しているとはいえ、篤臣は半ば江南のマンションに引っ越してきたようなものだ。

その理由は、二つある。

一つは、篤臣の下宿は狭くて古くて……そして絶望的に壁が薄く、何かと不都合があったこと。

そしてもう一つは、しばらく法医学教室の研究生として、篤臣とともに研究に勤《いそ》しむはずだった江南が、急に外科へ舞い戻ったことだった。

本当は、このまま法医学教室に籍を移してしまおうと思っていた江南だったのだが、ちょうどその頃、彼のオーベンだった医師が病に倒れ、長期入院を余儀なくされた。

江南は、その先輩医師の抜けた穴を埋めるべく、教授から外科に戻ってくるよう言い渡されたのである。

「もう、断ってこっち来ちまえよ。城北《じょうほく》教授が、上手くやってくれるって」

篤臣はそう言ったが、江南は毅然《きぜん》としてそれを突っぱねた。

「アカン。オーベン言うたら、ヤクザでいうところの兄貴や。いろいろ世話になった人に、義理を欠くわけにはいかへん」

江南が心を決めている以上、篤臣はそれ以上何も言えず、職場の上司である城北教授や講師の中森美卯《なかもりみう》とともに、江南を送り出したのだった。

それからは、再びすれ違いの日々が訪れた。篤臣は相変わらずののんびりした生活だったが、江南のほうは、ほとんど一日二十四時間、一年三百六十五日勤務である。

会う約束をしていても、江南が急患や緊急オペで手が離せなくなり、「ごめん」の携帯メール一本ですっぽかされることもたびたびだった。

仕事なのだからと理解しているつもりでも、そんなことが何度も続けば、篤臣もだんだん苛立《いらだ》ってくる。江南にしても、篤臣を待たせていると思うと、仕事をしていても落ち着かない。

そこで二人は話し合った末に、試験的同居に踏みきったのである。

江南が帰宅したとき、そこに篤臣がいれば、ほんのわずかな時間でも一緒に過ごすことができる。

篤臣にしても、外で待たされるよりは、江南のマンションでテレビを見たりゴロゴロしたりしているほうがずっとマシだ。

そして何より……築十五年木造アパート1Kの篤臣の部屋よりは、江南の新築鉄筋コンクリートマンションの、3LDKの広々とした部屋のほうが、うんと過ごしやすかったのである。

そんなこんなで、篤臣は身の回りの荷物を持って、江南の部屋へと越してきた。

江南は、篤臣に空いていた部屋を与えたが、そこにはベッドを置かせなかった。その代わり、自分の寝室のベッドを、ダブルベッドに買い換えた。部屋のほとんどがベッドに占拠されるという、巨大な代物である。

「げ。お前、こっぱずかしいもの買いやがって」

そう言って顔を赤らめる篤臣に、江南は不思議そうな顔でこう言ったものだ。

「ああ？　なんやお前、セミダブルでギチギチになって寝るんが好きやったんか？　それもまあええけど、もーちょっとゆとりがあるほうが、気持ちよう眠れると思わんか」

「……何がゆとりだよ」

浴室から出た篤臣は、バスタオルで身体を拭《ぬぐ》いながら、ブツブツと独り言を言った。

「あのベッド買ってから、俺がひとりで寝てる日のほうが全然多いじゃねえか。気持ちよく眠れるどころか、さびし……」

言いかけた言葉に自分で驚き、篤臣は口を噤《つぐ》んだ。

（俺……寂しい、って言いかけた？　まさかな）

思えば一年あまり前、学会先の箱根で江南に無理やり抱かれ、それからすったもんだの末に、ようやく世間で言うところの「恋人」らしき関係になった二人である。

どちらかといえば、積極的なのは江南のほうで、篤臣は……少なくとも自分では、それにほだされたのだと思っていた。

それが……。

（だったら、どうして俺、こんなに苛々してんだろ。どうしてこんなに……）

烏《からす》の行水で上がってきたせいで、身体があまり温まらなかったらしい。バスタオルを放り投げると、ぞくりと寒気がした。

篤臣は、ジャージに着替え、まだ湿った髪のまま、バスルームを出た。何か冷たいものが飲みたくなって、ダイニングへと足を向ける。

燦々《さんさん》と光が降り注ぐダイニングのテーブルの上には、メモ用紙が一枚、ヒラリと置かれていた。

ボールペンで走り書きされた、江南独特の右上がりの文字だ。

『急患が入った。昼過ぎには戻る　江南』

じっとそれに見入っていた篤臣は、フイと顔を背け、大股《おおまた》に台所へ向かった。

「何が『昼過ぎには』だ。嘘《うそ》つきやがれ」

そんな呟きとともに、乱暴に冷蔵庫を開ける。取り出した牛乳パックに、そのまま口をつけた。

江南が見ていれば眉《まゆ》をひそめるに違いない行為だが、今はひとりぼっちなので、誰も咎《とが》めはしない。

一リットルを一気に飲み干し、やっと渇きが癒《いや》された篤臣は、もう一度冷蔵庫を開けてみた。

中にあるのは、卵が数個、それに飲み物だけである。

「買い物行かなきゃ駄目だな」

篤臣は、力なく冷蔵庫の扉を閉めた。

昼過ぎに戻ると言って出ていった江南が、本当にそんなに早く帰ってこられた試しはない。家を空けても、なんの問題もないだろう。どちらにしても、これから一週間分の食材を仕入れに、スーパーマーケットに出かけなくてはならないのだ。

どうせ、ここでじっとしていても、気が塞《ふさ》ぐばかりだ。篤臣は、意を決して買い物に出ることにしたのだった……。

結局、江南が帰宅したのは、夜の十時を回った時分だった。

重い足取りでリビングに入ってきた江南は、ソファーに寝転がった篤臣の姿を見て、ホッと強張《こわば》った頬《ほお》を緩めた。

「ただいま」

「…………」

江南のほうに足を向けて寝そべっていた篤臣は、のっそりと身を起こし、江南を見た。完璧にふてくされた顔をしている。

「……おかえり」

そう言った声にも、あからさまなトゲがあった。

江南は低い声で「すまん」と言って、篤臣の隣にドスンと腰を下ろした。

「知るか」

ぷいとそっぽを向いた篤臣の頭に、江南は大きな手をポンと置いた。そのまま、柔らかい髪をかき回すように撫《な》でる。

「悪かった。目ぇ覚めたとき、ひとりで寂しかったやろ」

図星を指されて、篤臣の頬がカッと熱くなる。おそらくは赤くなっているであろうそれを隠すために、篤臣はさらに首をねじ曲げた。その首筋に、江南の視線が吸い寄せられていることも知らずに。

「ばーか。何自惚《うぬぼ》れてんだよ。それに、昼過ぎ帰ってくるとか言ってたくせに……」

咳《せ》き込むような早口で言いかける篤臣の口を、江南は頭から移動させた手のひらで、素早く塞いだ。そのまま背中から覆い被《かぶ》さるように、篤臣の身体に片腕を回す。

「急患やったんや。……虫垂破裂で、そのまま緊急オペになってな。子供やし、様子見とい

「たらんと可哀相やろ。……せやしこんなに遅うなった」

「そ……そんなの、言い訳だろっ」

江南の弁解にムッとした篤臣は、口を塞ぐ江南の手が利き手でない右手なのをいいことに、がぶりと思いきり歯を立てた。

「ツッ！　……この、じゃじゃ馬め」

さすがの江南も、思わず呻き声をあげる。血こそ出なかったが、相当きつく嚙《か》まれたらしい。

それでも江南は、篤臣から離れようとはしなかった。あらためて両腕で、嫌がってもがく篤臣を無理やり抱きしめる。

「馬鹿っ、離せよ！　お前なんかもう知らねえ！」

「悪かった。……ごめんな、篤臣」

耳元に吹き込まれる熱い息。うなじに押しつけられる江南の鼻面の冷たさに、篤臣はわけもなく胸がチリチリするのを感じた。

「ひ……昼飯……作って待ってた」

「うん」

篤臣は、相変わらずそっぽを向いたまま、しかし抵抗するのをやめて、ボソリと言った。

江南は、篤臣の白いうなじに唇を押し当てて相槌《あいづち》を打つ。

「お前帰ってこないから、二人分食った。……晩飯も作った……」

「……うん」

「待ってるうちに冷えちまった。まずそうだから、俺も食ってねえ」

「……篤臣」

江南は、篤臣の名を呼び、温かなうなじに音を立ててキスした。それでも篤臣は、強情に身体を硬くしている。

「約束破って悪かった。今日は二人で過ごそうって言ってたんやもんな。……お前、俺のために一日空けてくれてたんやろ？」

細い顎《あご》が、小さく上下する。

「ホンマにすまんかった。……どないしたら、機嫌直してくれるんや」

宥《なだ》めるような江南の声にも、篤臣はしばらく黙りこくっていた。

やがて……。

「べつに」

小さな声で、篤臣はボソッと答えた。江南はあやすように、篤臣の胸元を手のひらで叩《たた》きながら問い返す。

「なんやて？」

篤臣は、初めて身体の力を抜いた。ゆったりと、江南の胸にもたれかかる。

「何もしなくていいって言ってんだよ」

相変わらずぶっきらぼうではあるが、さっきよりはうんと穏やかな口調になっている。

「お前の仕事がどんなに大変か……どんなに患者さんのために頑張ってるかは、わかってる。俺だって、腐っても同業者だもんな」

「篤臣……」

「ホントは、笑って『お疲れさん』って言いたかったんだ。こんなふうに、みっともなくいじけてる自分が、今すっげー嫌なんだよ俺」

江南に抱きかかえられたままで、篤臣は親指の爪《つめ》を噛んだ。苛ついているときの篤臣の癖だ。

江南はようやく安堵《あんど》の溜め息をついて、そんな篤臣の顎に手をかけた。無理やり自分のほうを向かせ、薄い唇に軽く口づける。

「そんなふうに落ち込むなや。俺は嬉《うれ》しいんやから」

「……何が」

至近距離でニッと笑う江南の顔に、篤臣はまだ少し小難しい声で訊《たず》ねた。

「お前がそうやって不機嫌でいてくれて、やんか。俺のこと待ちくたびれたんや、ってわかるやろ」

「……この、自信過剰野郎！」

「俺がおらんかっても、全然楽しそうにしてたら、それはそれで寂しいやないか。怒るくらい俺と一緒に過ごすんを楽しみにしとった……ちゅうことやろ？」

「知らねえッ」

篤臣は、顔を真っ赤にして大暴れする。しかし江南は、体格差と体力にものをいわせ、篤臣の背中を自分の胸から離れさせなかった。

「馬鹿ッ、あっち行け！」

無駄と知りつつも、余裕で押さえつけられているのが悔しくて、篤臣は両腕を振り回す。

……と。

ガツンと鈍い音がして、江南が低く呻いた。篤臣は、慌てて緩んだ腕の中で身体を捻《ひね》り、江南の顔を見る。

「あ……ゴメン」

「……ってー」

江南は、顰《しか》めっ面で顎の右側を撫でた。思いきり当たったのだろう、少し赤くなっている。

「悪い……殴るつもりじゃなかったんだよ」

「……頭グラグラする。脳しんとうや……」

そう言いながら、江南は篤臣の首筋に顔を埋めた。

「大丈夫かよ江南……ちょ……っ」

江南は、篤臣の首に高い鼻を押し当て、フッと笑った。温かい息が、パジャマの襟にわだかまる。

そのまま首をちろりと舐《な》められて、篤臣の肩がピクッと動いた。

「……てっめえ……嘘だな、脳しんとうなんて！」

喉《のど》声で笑って、江南は篤臣の耳元で囁《ささや》く。

「……抱きたい」

そのまま体重をかけてきた江南に、篤臣はソファーに仰向けに押し倒された。まだジャケットも脱がない江南の身体からは、仄《ほの》かに消毒薬の匂《にお》いがする。

篤臣は、少し身体を捻った不自然な姿勢で、かろうじて両腕で江南を受け止めた。呆《あき》れた顔で、間近にある江南の顔を見つめる。

うっすらと髭《ひげ》が浮いているのは、夜だから当然だ。しかし、切れ長の目の下には、薄く隈《くま》までできている。

「お前さあ。昨日ろくすっぽ寝ないまま、朝からオペ入ってたんだろ？　疲れてねえの？」

「……死ぬほど疲れとる」

「だったら、ゆっくり風呂《ふろ》入って飯食って……」

「飯より、お前が食いたい」

押し殺した声で言って、江南は篤臣の耳に歯を立てる。篤臣の身体が目に見えて震えた。

江南の胸を押し戻そうとする腕には、愛想ほどしか力がこもらない。

「昨夜、さんざん食ったろ？　馬鹿言ってねえで、ほら、離せよ。味噌《みそ》汁温めてや……」

「飯はどうでもええから」

猫が喉を鳴らすような声で、江南は篤臣の耳から首筋を舐め下ろす。篤臣は、それだけで呼吸が乱れるのを自覚した。

江南の息がかかるだけで、軽く触れられるだけで、肌が熱くなっていくのがわかる。

確かに、昨夜肌を合わせたときは、浅ましいほど行為に溺《おぼ》れた。江南がマンションに帰ってきたのは五日ぶりだったし、ベッドをともにするのは、実に三週間ぶりだったからだ。

だが……。

(なんだって、昨夜《ゆうべ》の今日で、こんなになっちまうかなあ……)

もはや江南がパジャマの襟をくつろげるに任せつつ、篤臣はぼんやりと天井を見上げて、そんなことをつい思ってしまう。

(なんか、いつもこいつが一方的に「やりたい」とか「抱きたい」とか言うばっかりで……)

思えば、自分から誘ったのは、この家で最初に寝たときだけだなあ……などと、篤臣は今さらながらに思い起こす。

箱根の温泉で江南に強姦されてから、いつもなんとなく篤臣が抱かれる立場にある。そのせいか、求めるのは常に江南のほうで、篤臣はそれを受け入れるばかりなのだ。

それが不安だとか不満だとか言うつもりはないが、それにしても少し自分は流されすぎなのではないか……と思ってしまう篤臣である。

「……おい。えらい素直やな」

気がつくと、パジャマの上着の前はすっかりはだけられ、江南がどっしりとのしかかって、そこここにキスの雨を降らせていた。

篤臣は慌てて、江南の胸を押す両手に力をこめた。

「ちょ、ちょっと待て。こ……こんなところで、その気になるなっ」

江南は顔を上げ、獣の顔でニヤリと笑った。

「ほな、どこやったらええねん？」

篤臣の顔に、サッと朱の色がさした。しばらく口をパクパクさせていた篤臣は、やがてボソリと吐き捨てる。

「せ……せめてベッド行こうぜ……っ」

「わかった」

江南はあっさりと身体を離した。

篤臣は、慌ててパジャマの前をかき合わせ、身を起こした。その目の前で、くいくい、と江南の人差し指が動く。

「ほれ、はよせえよ。リクエストどおり移動したるから」

ヨレヨレに疲れているくせに、江南はやる気満々である。

篤臣は、まだネクタイすら解かずにいる江南のそんな姿に、溜め息をつきながら立ち上がった。

「はいはい。……俺、タッパがお前と同じくらいでよかったよ。でなきゃ、小脇に抱えて持ってかれちまってたんだろうな」

腕組みして篤臣を見ながら、江南は形のいい眉を片方だけ吊《つ》り上げた。

「ああ？　なんやお前、少女漫画みたいに、ベッドまでお姫さま抱っこで運ばれたいんか？」

「ばっ……！」

江南は、篤臣の全身をしげしげと見て、ふうむ、と唸《うな》った。

「まあ、ちーと気合い入れたら、できんことはないと思うで」

「そ……そんなことしなくてもいいッ！　自分で行く！」

篤臣は、パジャマの前を片手で握りしめたまま、空いた手で江南を押しのけ、ズカズカとリビングを出ていく。

その顔が、林檎《りんご》のように赤くなっているのを見て、江南は笑いを嚙み殺しながらあとに続いた……。


「ん……ぅ」

暗がりの中で、二人の荒い息が絡み合った。

ダブルベッドの中央で、篤臣は江南に組み敷かれている。

日に焼けていない篤臣の白い胸には、昨夜江南がつけたいくつもの痕《あと》が、赤く散っていた。

その一つ一つに、江南は口づけ、そして再び強く吸い上げた。

唇の弾力ある感触と微《かす》かな痛みに、篤臣は思わず声をあげそうになり、慌てて自分の手で口を塞いだ。

今となっては少々の声を気にする必要などないのだが、どうしても以前の癖が出てしまう。

そう、かつて篤臣の下宿に江南が訪ねてきて、こういう展開になったことが何度かあった。そのときに、嫌でも聞こえてくるのである……隣の部屋のテレビの音や、人の声が。

ということは、こちらの声も両隣の部屋に筒抜けであるということで……。

いつしか篤臣には、必死で声を堪える妙な癖が身についてしまったのだ。

江南はそんな篤臣を見て目を細めると、そっと篤臣の手に自分の指を絡め、シーツに縫い止めた。

「もう、声我慢する必要なんか、あらへんやろ。……聞かせろや」

「……や……」

拒んでいるわけではないのだが、羞恥心《しゅうち》が、抗議の声をあげさせる。緊張する篤臣の背中を宥めるように撫でて、江南は辛抱強く囁いた。

「べつにお前だけを泣かしたい言うてるわけと違う。お互い素直になろうて言うてるだけや、篤臣」

喋《しゃべ》っている間にも、江南の大きいが繊細な手は、篤臣の背中から、ほっそりした腰のラインを探るように撫で下ろしていく。

そのもどかしい感覚に、篤臣は涙目で、真上にある江南の涼しい顔を睨《にら》みつけた。

「だ……ったら……っ！」

「なんだ？」

「お前も声あげてみせろよ！　いつもいつも俺ばっかりじゃねえか」

野良猫のように噛みついてくる恋人の顔は、夜目にも上気して艶《つや》めいている。

江南は、片手をサイドテーブルに伸ばした。そしてコンドームを探り当てると、篤臣に見せつけるように、歯で封を切った。

江南にはなぜだかわからないのだが、篤臣はコンドームを見ると、ひどく恥ずかしがるのである。

女を抱くときには必要不可欠な避妊具であるし、男同士のときでも、無用な感染を避けるための必須アイテムだ。何を恥ずかしがることがある……と江南は胸を張るのだが、篤臣にとっては、そういう問題ではないらしい。

とにかく、今夜もまた顔を背けた篤臣に低く笑いながら、江南はその手をスルリと下に滑らせた。パジャマのウエストから手を滑り込ませ、下着の中で十分な硬度を持った篤臣自身に、器用にコンドームを被せる。

日頃、手術室でゴム手袋を着け慣れている江南である。コンドームの扱いも、堂に入ったものだった。ただし、それを賞賛してくれる人は、いまだ現れないのだが。

「……ふ……うっ」

急に敏感な場所に触れられて、篤臣がくぐもった声をあげる。

ゆっくりと篤臣自身を扱《しご》きながら、江南は篤臣の唇を齧《かじ》るようなキスをした。そして、唇をほんのわずか離し、こう言った。

「俺かて、声出すかもしれへんで……」

「嘘……つけ。だって、おま……」

篤臣の知っている江南の「声」……それは、達するときに漏らす、吐息のような声だけだった。

篤臣の言葉を強引なキスで途切れさせ、江南はニヤリと笑った。

「そんなに俺の声が聞きたいんやったら……それなりに感じさせてもらわんとな？」

それを聞いた途端、篤臣は眉を逆立てた。

まだシャツを形ばかり羽織ったままの江南の襟首を締め上げ、鼻がぶつかりそうな距離で怒鳴る。

「お……お前は感じてねえってのか？　そうなのかよ？」

「声あげてしまうほどは……な」

江南はそのまま余裕を見せつつ、篤臣を再び貪ろうとした。……が。そこまで篤臣が従順なはずがない。

「ふざけんな！」

ドサッ！

とても睦言《むつごと》とは思えない怒号とともに、二人のポジションは入れ替わっていた。江南の上に馬乗りになって、篤臣はギュッと口を引き結ぶ。

中途半端に高められた身体がつらくないかといえば、はっきりいって、かなりつらい。

それでも、江南に「声を出すほど快感を感じていない」と言われて、そりゃすみませんと引き下がることはできない篤臣なのだ。

「だいたい、理不尽なんだよ。なんでお前がいつもやるほうで、俺はやられるほうなんだ？」

「そら……体格考えたら、そのほうが無難やろうと俺は思うんやけどな」

「体格の差だけで、いつもいつも痛い思いさせられてる俺の身にもなってみろ！」

暗に自分の体格が貧弱だと言われたような気がして、篤臣は逆上した。

江南は、そんな篤臣を楽しそうに見上げ、からかうような口調で言った。

「痛い思いだけやないやろ？　それに、お前の身になるて……どないすんねん？」

江南は、憎たらしいほど落ち着き払って、頭の下に両手を敷いた。好きにしろ、というジェスチャーである。

「たまには、俺にやらせろ！」

この発言には、さすがの江南も虚をつかれ、切れ長の目を見開く。

だが、やがて江南の口元に、いかにも邪悪な笑みが浮かんだ。

「ほう……。お前にできるんか？」

「できるっ！　お前を泣くほど感じさせてやるからな！」

篤臣は腹立ち任せに宣言するなり、上体を屈《かが》め、江南に自分から口づけた。舌を差し入れ、江南の舌を絡め、吸い上げる。

「ん……う、ふうっ……うんっ」

息苦しさにようやく唇を離した篤臣だったが、江南のほうは、ほんのわずか息を乱しているだけで、ニヤニヤと笑っているばかりである。

（こいつ……滅茶苦茶《めちゃくちゃ》ムカック！）

死んでも感じさせてやる、と決意も新たに、篤臣は江南の上に覆い被さった。

（えっと、そういや、どうすりゃいいんだ？）

女の子にするならいざ知らず、男を感じさせるためには、いったいどこをどうすればいいのか……。土壇場に来て、篤臣の頭は真っ白になってしまった。

だが、ここで「やっぱりわかりません」と尻尾《しっぽ》を巻くのは男の名折れである。

（ええい、くそ！　要は、こいつが俺にやってることをすりゃいいんだろ！）

江南がいつもするように、尖《とが》らせた舌先で、耳から首筋、そして鎖骨の窪《くぼ》みから胸元へと舐め下ろしていく。

ピチャ、と濡れた音を立て、猫のような仕草で篤臣は江南の胸に舌を這《は》わせた。

片方ずつ、丹念に舐めたり軽く歯を立てたりして、胸の突起を愛撫《あいぶ》する。いつも、江南はしつこいほどそうして、篤臣を涙目にさせるからだ。

（これでどうだ！）

さんざん両方の突起を舐めてしゃぶって立たせたあとで、篤臣は挑むような目で江南を見た。

だが……。

「なんや？　もう終わりか？」

江南は、頭の下で組んだ手を動かしもせず、面白そうに目を細めて篤臣を見返すばかりである。

「くっそー！」

篤臣は、今度こそ癇癪《かんしゃく》を起こした。

ガチャガチャと荒っぽく江南のベルトを外し、パンツを抜き去る。

だが、力任せにトランクスを引きずり下ろしたところで、篤臣は明らかに固まった。

（……げ。こいつ、こんなのを俺の中に……）

そういえば、江南自身に触ったことは何度もあるが、しげしげと見るのはこれが初めてである。

「でかい……」

思わず漏れたそんな呟きに、江南はクッと肩を揺らして笑った。

「お褒めに与《あずか》って、光栄やな」

「……あ」

我に返った篤臣は、自分の発言に狼狽《うろた》え、オタオタしてしまう。

江南は、そんな篤臣を楽しげに眺めつつ、意地悪な口調で先を促した。

「もう終わりか？　俺を気持ちよくしてくれるん違うかったんか？」

「し……してやるさ！」

たきつけられるとムキになる篤臣である。サイドテーブルに置かれたもう一つのコンドームを手に取ると、ベリッと勢いよく封を切った。

そして、すでに十分な硬さを持った江南自身にコンドームを被せると、両手で包み込むように握り、顔を近づけた。

「おい、篤臣。無理せんでええで。気持ち悪うなっても知らんぞ」

「うるせえ。お前にできて、俺にできないはずがねえだろ！」

負けず嫌いだけは天下一品の篤臣である。それでも、初めてそれに口で触れるのだと思うと、怯《おび》えにも似た感情がこみ上げた。

「……ふ……っ」

篤臣の息がかかっただけで、江南自身が反応する。

それに後押しされるように、篤臣はおずおずと舌を這わせた。ゴムの苦い味が口中に広がって、決して快い行為ではない。

それでも、江南の足の筋肉が緊張するのが、跨《また》がった腿《もも》の裏に伝わってくる。たくましい胸が、さっきより大きく波打つ。それが篤臣には嬉しかった。

（江南……感じてる）

自分の愛撫でもっと感じてほしくて、大きな熱いものを口の中へ迎え入れる。

唇を窄《すぼ》めて扱き、先端に軽く歯を立てる。

「……くっ……」

突然聞こえた低い呻き声に、篤臣は驚いて視線を上げた。

口の中を塞いであまりある江南自身のせいで、声は出せない。だが、篤臣の大きく見張った目が、言葉より雄弁に、彼の思いを江南に伝えた。

江南は、ちょっと照れくさそうに鋭い目を細め、篤臣の汗に濡れた前髪を掻《か》き上げた。

「やられたな……。あんまりええから、声出してしもた」

その言葉が嬉しくて、篤臣はますます江南を高める行為に没頭する。

口に収めきれない根元は、両手できつく擦り、揉《も》みしだいた。

「ふ……ん、うっ……」

切れ切れに江南が漏らす微かな声が、自分が相手に与えている快感を素直に伝えてくれる。

ただでさえ大きかった江南自身が、ますます質量を増していく。それを口の中いっぱいに受け止めているうちに、自分自身も硬く張りつめていくのを、篤臣は感じていた……。

「もう……ええから、篤臣」

やがて、江南は掠《かす》れた声でそう言って、ゆっくりと身体を起こした。足の間に埋められた篤臣の頭に、子供をあやすように優しく触れる。

「……う?」

そのままイカせるつもりだったらしく、江南をくわえたままで、篤臣は不満げな視線を投げてくる。

「ええから」

江南は、篤臣の額をグイと押し、半ば無理やり顔を上げさせた。

唇を唾液《だえき》で光らせ、篤臣はゆっくりと江南自身から口を離す。息苦しさに瞳《ひとみ》を潤ませ、汗に髪を乱し……。

それはひどく扇情的な眺めであったのだが……しかし。

「あー！　顎疲れたわ。やめやめ」

投げやりにそう言うなり、篤臣はぐいと腕で口元を拭ってしまった。

「お……お前な……」

篤臣に見とれていた江南は、思わずガックリと肩を落とす。

「もーちょいどないかこう……色っぽい台詞《せりふ》は言えんのか……」

篤臣は、江南の膝《ひざ》のあたりに跨ったまま、唇を尖らせる。

「だってよう。生あったけーし硬いしゴム臭《くせ》ぇし。舐めてたらガンガンでっかくなって息が苦しいし」

普通の男なら、瞬間的に萎《な》えそうな台詞ではあるが、そこは惚《ほ》れた弱みというやつらしい。

江南にとっては、篤臣のそういうところもまた「可愛《かわい》い」と感じるポイントなのだ。

「そら……お前が口でしてくれてると思うたら……大きくもなるやろ。感じすぎて、イキそうになった」

江南はそう言って、ニヤッと笑った。篤臣の顔が、暗がりにも明らかに赤くなる。

「は、恥ずかしいこと言うな！」

感じさせてやる、と宣言し、自分の意志でした奉仕であっても、己の姿を回想すると、想像を絶する恥ずかしさなのである。

「こら」

江南は、殴りかかろうとした篤臣の右手首を摑《つか》み、ベッドに引き倒した。うつ伏せに覆い被さって動きを封じ、篤臣の腰に手をかける。

「……え……なみっ」

「顎が疲れたんやろ？　俺を感じさせたご褒美に、念入りに気持ちようしたるわ」

「ちょっと待て！　今日は俺にやらせるって言ったじゃねえかっ」

「……そんな約束はしとらん」

あっさりと言って、江南は篤臣の双丘に骨張った手を這わせた。ビクンと篤臣の背中が波打つ。

後ろに、ヌルリ、とローションの冷たさを感じたのと同時に、江南の指が入ってくる。

「くっ……うう」

篤臣は、両手でシーツを掻きむしり、その違和感に耐える。楽な姿勢をとろうと、無意識に腰が高くなった。

江南は、何度もローションを足し、徐々に指の数を増やして、篤臣の後ろをほぐしていく。指が別々の動きをして、篤臣の狭い内腔を丹念に探った。

それが自分を傷つけないためとわかっていても、篤臣にとっては、最も耐えがたい時間である。何より恥ずかしいのは、江南の指が時折、とてつもない快感をもたらす場所を掠めたときだった。

そこに指が触れると、篤臣の全身が跳ねる。そして、握り込んだ篤臣自身がぐんと硬さを増すことで、江南にも、そこが篤臣の「イイところ」であることがわかるのだ。

さんざんそこをいじって篤臣を虐《いじ》めてから、江南は指の動きを唐突に止めた。

「入れて……ええか？」

背後からピッタリと覆い被さった江南に囁かれ、篤臣は必死で首を上下に振る。

後ろから、指が引き抜かれた。そのまま、篤臣の身体は仰向けに返される。

「篤臣の……イイ顔見たいからな」

そう言って、江南は篤臣のほっそりした両足を抱え上げた。

後ろに熱い屹立《きつりつ》が押し当てられ、篤臣はこれから与えられる苦痛と快楽を想像せずにはいられない。ごくり、と喉が鳴った。

江南の手が、緩く篤臣自身を握り込み……その刺激に、身体の緊張が緩む。

その瞬間、江南は篤臣の中に、自身を突き入れた。呻き声をあげ、篤臣は背中をしなわせる。

「ううっ……う……ぐ……」

江南は決して、篤臣を傷つけるような挿入をしたりしない。ゆっくりと、何度か小刻みな律動を繰り返した。

それでも、本来、男を受け入れるためにできているわけでないそこに、異物を突き入れられるという事実に変わりはない。

そして篤臣は、この挿入の瞬間だけには慣れることができない。いつも、ほとんど反射的に、ひどい吐き気に見舞われるのだ。

それがわかっている江南は、すべてを篤臣の中におさめたあとも、すぐに動こうとはしなかった。

激しい呼吸を繰り返しつつ、必死で吐き気を堪えている篤臣の髪を優しく梳《す》きながら、江南は宥めるように囁いた。

「大丈夫か?」

「ん……」

篤臣は、胸を弾ませながらも、苦しげにギュッと目をつぶって呻いた。口を開けば本当に吐いてしまいそうで、声が出せないのだ。

「まだ、動かへんからな?」

「……………」

篤臣は、唇を嚙みしめて、小さく頷《うなず》く。

篤臣に苦痛を与えていることには胸が痛んだが、そのつらそうな表情に、江南はいつも猛々《たけだけ》しい喜びを感じてしまう。

もっとも……そんなことを口にすれば、篤臣に鉄拳《てっけん》を喰《く》らうだろうが。

まだグッタリと目を閉じたまま、篤臣は口を開いた。動きたい衝動をじっと抑えていた江南は、少し驚いて篤臣の顰めっ面を見下ろす。

「土曜日……さ……」

「土曜日がどないしてん？」

篤臣はうっすら目を開け、江南を軽く睨んだ。

「土曜……大学の同窓会、があるだろ」

「ああ？　お前なあ、何もこんなときに同窓会の話なんかせんかてええやろが」

江南は呆れて溜め息をつく。だが篤臣は、そんな江南のシャープな頬を、ぎゅっとつねった。

「……だってお前……なかなか家にいないし……。いるときは、いつも……こんなだし……だから……」

「わかったわかった。お前に色気がないんは、今に限ったことやないもんな」

江南は苦笑して、篤臣の手を取り、音を立てて滑らかな甲にキスした。

「同窓会やったら、俺は行かれへん。その日は当直や」

「そ……か」

吐き気がようやくおさまってきたらしい。篤臣は、大きな息を吐き、薄く笑った。江南にも、篤臣の変化は、締めつける狭い内腔が少し緩んだことでわかる。

「お前が行かないんなら……俺も……」

「俺のせいで、お前まで同窓会をすっぽかすことはあらへん。行ってこい」

「だけど……」

「お前は、俺と違ってみんなの人気者やったからな。きっと楽しく過ごせるて」

「……けど……」

「どうせ俺は当直で帰られへんのやし、ゆっくり楽しんでこいや。俺の分まで、みんなによろしゅう言うといてくれ」

「……ん……わかった……」

篤臣の両腕が、ゆるりと江南の首に巻きつけられる。恥ずかしがり屋で、言葉に出して言えない篤臣の、許可のサインだ。

江南は、じっと耐えていた自身を、ゆっくりと動かし始めた。

「あ……んんっ」

篤臣の唇から、掠れた声が漏れる。江南の首に回した両手に、ぐっと力がこもった。

篤臣の背中を抱き、相手と自分を等しく追いつめるように腰をスライドさせながら、江南は笑いを含んだ声で言った。

「同窓会にはひとりで行かせてまうけど……」

「……ふぅっ……ん……な、何……？」

硬く勃《た》ち上がった自身を互いの腹で擦られ、篤臣は苦しげに眉根を寄せながらも、江南の顔を見上げる。

江南は、そんな篤臣の、涙の滲《にじ》んだ目尻《めじり》に口づけた。そして、耳に唇を押し当て、こう囁いた。

「せやけど……こっちは一緒にイこうや……な?」

「馬鹿ッ……あ、ああアッ!」

耳たぶを嚙まれるのと同時に、ひときわ強く突き上げられ、篤臣は悲鳴に似た声をあげる。

篤臣の両手が江南の肩を摑み、ギリリと爪を立てた。

その爪のもたらす痛みと心地よさに顔を顰めつつ、江南は篤臣の背中をしっかりと抱いた。

そして、激しい突き上げを開始する。

「はッ……あ、うん……んん……っ」

もう声を堪えることはできなかった。篤臣は、ひたすらに江南にしがみつき、自分ではコントロールできない高みへと追い上げられていく。

「篤臣……あつおみ……」

江南の熱い囁きが、どこか遠くから聞こえるような気がする。濡れた音がもたらす羞恥も、どこかに消えた。

こうなれば、あとはただひたすら頂点を目指し、ともに駆け上がるだけだ。

「江南……えなみ、えなみっ……!」

すがりついてくる篤臣の身体をしっかりと支え、江南は熱く張りつめた自身で、篤臣の身

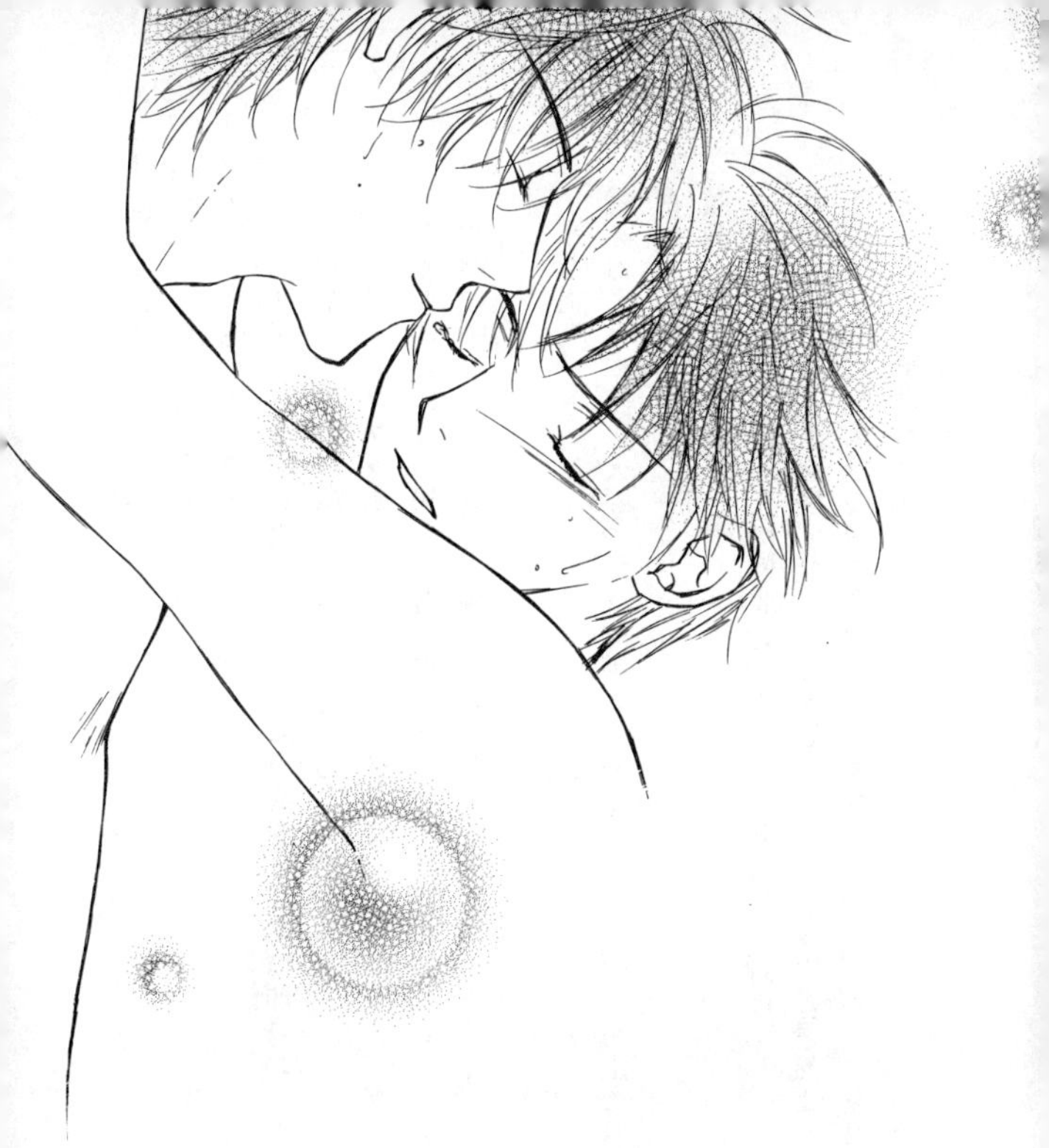

体を深く抉《えぐ》る。

「えな……も、もう……」

「ああ……俺も……や……」

ギリギリまで抜き出した、限界寸前の自身を、江南は渾身《こんしん》の力をこめて突き入れた。

その衝撃に、篤臣は激しい極みを迎える。

「あ……アアァァッ！」

しなやかにのけ反る篤臣の身体の奥深くで、江南も絶頂に至った。篤臣は、希薄になっていく意識の中で、ドクンと力強く脈打つ江南を感じていた……。


「……なあ」

燃えるように熱く火照《ほて》った身体がようやく鎮まった頃、篤臣の身体を抱き寄せたままで、江南が口を開いた。

「腹減った、篤臣」

「当たり前だ。だから先に飯食えって言ったろ、馬鹿野郎」

まだ情事の残り火を残す潤んだ瞳をして、しかし篤臣は景気よく江南を罵倒《ばとう》した。

江南は、そんな篤臣の額に音を立ててキスしてから、のそりと身を起こした。

「その前に、風呂行くか」

「ああ。……つぅ」

篤臣も勢いよく起き上がりかけて、腰部の痛みに顔を顰める。二夜連続の行為が、篤臣の身体にかなりのダメージを与えているらしい。

「痛むんか?」

「痛くないとでも思ってんのかよ。いつもいつも、ろくでもない格好で、とんでもないことやられてんだぜ、俺ぁ」

色気も愛想もない台詞を歯切れよく吐き出しながら、篤臣はベッドの上に脱ぎ捨てられたパジャマの上着だけを羽織り、ベッドから降り……ようとしてよろめく。

「無理すんなって」

倒れそうになる身体を腕一本でがっちり受け止め、江南は篤臣をもう一度ベッドに横たえた。

「湯、張ってくる。風呂の用意できるまで、おとなしゅう寝とれ」

「……ん」

悔しそうに、だが素直に頷く篤臣の乱れた髪をクシャクシャとかき回し、江南は全裸のままでベッドルームを出ていく。

自分の家なのだし、見ているのは身体を重ねた相手の篤臣だけなのだから、確かに、すぐ脱ぐとわかっている服を着る必要などないのだが……。

「……にしたって、デリカシーねえよな、あいつ」

自分のことは気持ちよく棚に上げ、篤臣は苦笑した。うつ伏せに横たわり、毛布を引き寄せる。寒くないように、汗が引いて冷え始めた身体を覆った。

確かに、無理な姿勢を強いられたせいで、身体のあちこちがだるい。

気を抜くと眠ってしまいそうなくらい疲労していたが、気分は穏やかだった。

激しく求められたことで、強く抱きしめられたことで、身体だけでなく、心まで江南に満たされた気がした。

「だけど……言いそびれちまったな」

篤臣は、柔らかな枕《まくら》に頬を押しつけ、ボソリと呟いた。

ここしばらく、篤臣の心にささくれを作ったままの、とある出来事……。それを篤臣は、なんとなく江南に告げられないままでいた。

実はここしばらく、不審な電話がかかってくるのである。

無論、ここは江南のマンションなので、篤臣は基本的に電話に出ない。出るとすれば、留守番電話で江南の声が自分を呼んだときだけだ。

自分宛の電話はすべて携帯にかかってくるし、モバイルコンピューターでメールチェックもできる。なんの問題もない。

だが、電話がリビングルームにあるので、留守番電話のメッセージは、嫌でも篤臣の耳に入る。

一ヶ月前の夜、篤臣が風呂上がりにビールを飲みながらテレビを見ているとき、その電話はかかってきた。

ピーッという電子音のあと、聞こえてきたのは、若い女の声だった。

『江南せんせっ。今夜はお疲れさまでしたぁ。ハルカ、先生の傍《そば》にいられてとっても幸せでした。先生かっこよかったし。今はお風呂かな……？　想像しちゃうかも。きゃっ。またお電話しまーす』

……ツー・ツー・ツー・ツー。

「……なんだあ？」

篤臣は思わず立ち上がり、電話に歩み寄った。江南へのメッセージを勝手にチェックしてはいけないと思いつつ、篤臣の手は、ついに再生ボタンを押してしまう。

甘ったるい女の声が、再びリビングに響いた。

二度、三度と繰り返し聞いているうちに、篤臣は胸の中に何か重いものが広がるのを感じた。

「誰だよハルカって……。江南の奴、仕事で遅いんじゃねえのか？」

そんな呟きが漏れる。なんだか、壁でも殴りつけてみたくなる。

だが、篤臣自身にしても、女性とまったく言葉を交わさないわけではない。美卯や秘書の本田《ほんだ》は言うまでもなく、出入りの業者の女の子や、事務の女性職員や、学食のおばちゃんや……。「女」という項目だけで括《くく》るなら、たくさんの女性と話をしていることになる。

だから、江南に女から電話がかかってきたくらいで、腹を立てて問いつめたりするのは、まったくみっともないことだ。

篤臣は自分にそう言い聞かせ、正体不明の苛立ちをおさめようとした。

メッセージをそのままに、ソファーに戻り、残っていたビールを一息に呷《あお》る。

そのとき。玄関で鍵《かぎ》の開く音がした。篤臣はハッと身体を硬くする。

ガチャッと扉を開けて入ってきたのは、言うまでもなく江南であった。

「ただいま」

「ああ、おかえり。飯は？」

篤臣は、ドキドキする胸を抱え、できるだけさりげなく、声をかけた。

「まだやけど、何かあるか？」

江南は、篤臣の動揺にはまったく気づいていないようだった。篤臣は、少し落ち着きを取り戻し、答える。

「えっと……味噌汁と飯と干物しかないけど。あと、浅漬けでも切るよ」

「上等や」

江南は疲れた顔をほころばせ、ネクタイを解きながら、電話に近づいた。

篤臣は台所へ行こうとその後ろを通り過ぎながら、例のメッセージを聞いている江南の表情をこっそり窺《うかが》った。

「…………」

江南は、面白くもなさそうな顔で、さっさと消去ボタンを押し、リビングを出ていく。

特に嬉しそうではない……ように、篤臣には見えた。

篤臣は、これまた意味もなくホッとした気分で、冷蔵庫を開けたのだった……。

だが、その「ハルカ」という女からの電話は、それからも数日おきに続いた。

彼女の口ぶりは、まるで江南の恋人ででもあるかのようになれなれしく、いつも甘えた雰囲気を漂わせていた。

『江南せんせ、大好き』

そんな言葉さえ吹き込まれることもあった。

だが、おそらく帰宅したときそれらをすべて聞いているはずの江南は、何一つ篤臣に弁解しようとしない。

江南が何も言わないのに、自分からその女のことを持ち出すのは、どうしてもプライドが許さない。篤臣はモヤモヤする気持ちのままで、今まできてしまったのだ。

(なんでも……ないんだよな?)

ここにはいない江南に、篤臣は心の中で問いかけてみる。

「何か」なんて、あるはずはない。自分をこんなに求めてくれる江南が、他の女にうつつを抜かすはずがない。そんな自負もあった。

「でも……やっぱ気になるよなあ」

そう呟いたとき、バスローブを羽織った江南が、ベッドルームに戻ってきた。

「風呂、たまったで。歩けるか?」

「ったりめーだろ」

篤臣は今度こそ元気よく起き上がり、痛みを堪えてベッドを降りた。

だが、篤臣が無理していることを知っている江南は、片腕で篤臣の肩を抱き、自分より幾分ほっそりした身体を支えてやる。

ついでに、篤臣の滑らかな頰と耳に、しっかりしたキスを贈った。

「洗ってやるよ。……隅々まで」

「……ばーか」

低い声で囁く江南の頰に軽いパンチをくれてやりながら、篤臣は胸にわだかまった嫌な予感を、振り払おうとしたのだった……。

＊　　＊

ところが翌日、事件は起こった。

いつものように帰宅した篤臣は、江南の靴がそこにないことに嘆息しつつも、作業に取りかかった。

作業とはすなわち、家中の窓を開け放って空気を入れ換え、洗濯機を回し、簡単に掃除機をかけることである。

実のところ、同居して初めて、篤臣は江南が「家事音痴」であることを知った。

最初の頃こそ食事を作ってくれた江南であるが、作るだけ作って、食器も鍋《なべ》も放り出したままだった。結局、片づけるのは、初めから篤臣の仕事だったのである。

部屋も綺麗《きれい》だと思っていたら、単に「ほとんど使っていないから」だったことが、すぐに判明した。

つまり、「綺麗にしておくために、使わない」ことが、江南の生活信条だったのだ。だから、シャワーは病院で済ませて家の風呂は使わない。台所を汚さないために、料理はいっさいしない。服はすべてクリーニングに出し、下着は一度着たら捨ててしまう。居間と寝室とトイレしか使わないので、基本的にそこしか掃除しない上に、セミダブルベッドの半分ずつを一週間ずつ使い分け、シーツは二週間に一度しか交換しない。

ここまで徹底した手抜き家事を実行していたため、篤臣が越してきたとき、江南家には洗濯機すらなかった。篤臣が自腹を切って据えつけたのである。

台所にも、やかんと鍋が一つずつしかなかった。それを、篤臣があれこれ買い揃《そろ》え、半年がかりでようやく機能的な台所に仕立て上げた。

結局、気がつけば、篤臣がすべての家事を引き受けることになっていたのだ。

「……ったく。一回穿《は》いただけでパンツ捨ててたら、破産だぜ、俺なんか」

そんな悪態をつきながら、洗い上がった洗濯物を乾燥機に放り込む。

乾燥機のほうは、さすがに罪の意識を感じたのか、江南が購入したものである。……あるいは、リビングに洗濯物を干しまくる篤臣に、閉口したせいかもしれないが。

そんなこんなで、帰宅するとまず、その日にすると決めた家事をやってしまうのが、篤臣の日課になっていた。

「さて、飯でも作るか」

先に風呂を使い、サッパリとジャージに着替えたところで、篤臣はチラリと時計を見た。

午後九時半。今夜は十時頃には帰れそうだと江南から昼間、携帯に電話があった。

それならば、と、篤臣は久々にきちんとした料理を作ることにしたのだ。

外食三昧《ざんまい》をする経済力がないからでもあるのだが、篤臣は細々とした料理を作ることが、少しも苦にならない。

今夜は、得意の肉じゃがと野菜たっぷりの豚汁、それにツナサラダを作った。

が、例によって……というかなんというか、やはり江南は、十時には帰ってこなかった。

(仕事……長引いてんだろうな)

かといって、今さらひとりで食べるのもつまらない。篤臣はリビングのソファーで洗濯物を畳みながら、江南の帰りを待つことにした。

結局、江南が帰宅したのは、日付が変わってしばらくした頃だった。

「……なんや。まだ起きとったんか」

リビングに入ってきた江南は、トレンチコートを脱ぎながらボソリと言った。篤臣が待っていたことを、たいして喜んでもいない顔つきである。

近くに来ると、少しアルコールが臭《にお》った。篤臣はちょっとムッとしつつも、江南は仕事で疲れているのだと自分に言い聞かせつつ、訊ねてみた。

「飯は？」

「食うてきた。……風呂入ってくるわ」

その素っ気ない返答に、篤臣は胸がズキリと痛むのを感じた。それでも、笑顔で頷く。

「ん……わかった」

江南は、ソファーにコートをバサリと投げると、ネクタイを乱暴に引き抜きながら、バスルームへと姿を消した。笑みを返しもしない。

（よっぽど疲れてんだな……）

篤臣は、溜め息をついて立ち上がった。台所へ行き、サラダと鍋の中の肉じゃがを、黙々とタッパーに移し替える。

二人で楽しく食べようと思っていた夕食をひとりで食べるのは嫌な気がして、すべて冷蔵庫にしまいこんでしまった。

江南が帰ってくるまでは空腹を訴えていた胃袋も、きゅんと縮んでしまったように感じられる。

豚汁も、たくさん炊いてしまったご飯も、きっとこれから数日かけて、ひとりで平らげなくてはならないのだろう。

すっかり憂鬱《ゆううつ》になった篤臣が、深い溜め息をついたとき……電話が鳴った。

篤臣は、動きを止めて聞き耳を立てる。何やら胸騒ぎがした。

『こんばんはー、ハルカでーす』

嫌な予感は的中し、声の主は、あの女……ハルカであった。

『さっきはどうもありがとうございました。また遊んでね。ハルカ、江南せんせのこと、大好き。愛してる～』

ブチン、と何かが切れる音が頭の中で聞こえた。

自分でも何をしているかわからないうちに、篤臣はバスルームの扉を思いきり開いていた。

風呂から上がり、バスタオルを腰に巻いただけの江南は、驚いた顔で篤臣を見た。

「な……なんや？」

「てめえ……仕事で遅くなったんじゃなかったのかよッ！」

篤臣のほっそりした顔は、怒りで真っ赤に染まっている。江南は、不機嫌な縦皺《たてじわ》を眉間《みけん》に刻み、答えた。

「仕事やで」

「嘘つけ。仕事場で酒飲むわけないだろ。そんなにプンプン臭わせやがって」

「帰りに、医局のドクターやナースに誘われて、ちょっと飲んでただけや。……ああ。十時に帰るて言うたのに帰らんかったから、拗《す》ねてんのんか」

頬に触れてこようとした江南の手をバシッと払いのけ、篤臣は怒鳴った。

「馬鹿野郎！　拗ねてんじゃねえ、怒ってんだ。人がせっかく飯作って待ってたのに、お前、あのハルカとかいう女とよろしくやってたんだろうが。だいたい、誰だよそいつ」

「ハルカ？　ああ、あいつか。……篤臣。お前、人にかかってきた留守電、いちいちチェックしてるんか」

鬱陶《うっとう》しそうに睨まれ、篤臣はうっと言葉に詰まる。

「わ、わざと聞いてたんじゃねえ。ただ、偶然聞こえちまうことがあるだろ。そのなんとかいう女……」

「谷口《たにぐち》ハルカ。谷口は、医局の看護婦や。お前の思てるようなことは、何もない」

篤臣のしどろもどろの言い訳を遮り、江南は苛立ちを隠そうともせず、吐き捨てた。

「飲みに行くんを連絡せえへんかったんは、確かに俺が悪かった。せやけど、遅うなったら待たんと飯食えて、いつも言うてるやろ」

「そりゃ……そう、だけど」

(でも、俺はお前と飯が食いたかったんだ)

そんな言葉を、篤臣はグッと飲み込む。いかにも子供じみた我が儘《わがまま》のように思えたからだ。

江南は篤臣のそんな思いに気づくことなく、忌々しげにチッと舌打ちした。

「だいたい、俺もお前も、ええ大人やねんぞ。それぞれ義理もつきあいもある。行動をいちいち詮索《せんさく》したり、女関係疑ったり、起きて待ってたり……そんな当てつけがましいことするなや」

アルコールが言わせた暴言だったのかもしれない。相手を思いやる余裕もないほど、疲れていたのかもしれない。

だが、江南のその一言は、篤臣を激怒させるに十分だった。

篤臣は、握りしめた拳《こぶし》をブルブル震わせながら怒鳴った。

「お前……お前、当てつけがましいって、俺のことそんなふうに思ってたのかよ!?　あんな馬鹿っぽい女とよろしくやってきて、俺にはその態度か。よーくわかった」

どちらが売り言葉で買い言葉なのか、もうわからない状態である。

「誰がよろしくやってきた言うたんや!」

「違うって証拠があるのかよ!　慌てて風呂行ったとこみると、身体に香水の匂いでも染みつかせてたんじゃねえのか」

バキッ!

何が起こったのか、考える暇もなかった。右頬に焼けつくような痛みを感じたと思った次の瞬間、篤臣はしたたかに扉に身体を打ちつけ、床に転がっていた。

フローリングの床で頭を打ったらしく、起き上がろうとすると少し眩暈《めまい》がする。

「……う……」

片手でこめかみを押さえて顔を上げると、そこにはなぜかひどく痛そうな顔で、江南が立っていた。

その猛々しい顔には、怒りと、悲しみと……そしてなんだか篤臣には理解できない、複雑な感情を湛《たた》えた表情が浮かんでいる。

「なんで殴るんだよ……。後ろめたいからじゃないのか?　ええ、どうなんだ」

「……ていけ」

問いには答えず、ひび割れた声で江南は言った。

「出ていけや。俺のすることに文句があるんやったら、ここにおることはあらへん」

「出ていくさ……」

篤臣も、ヨロヨロと立ち上がった。怒りに燃える目で、江南を睨みつける。

「てめえなんざ、クソ看護婦と乳繰り合ってんのがお似合いだ！」

殴り返してやろうと固めた篤臣の拳は、江南の代わりに力いっぱい壁を殴りつけた。焼けつくような痛みとともに、そこに血が滲むのがわかる。

「荷物……あとで取りに来るっ」

そう言い捨て、篤臣はマンションを飛び出した。

十一月も下旬にさしかかり、ジャージ一枚しか着ていない身体に、冷気がしみ通る。

篤臣は、暗い夜道をトボトボと歩いた。素足にサンダルを引っかけただけなので、つま先がかじかんで痺《しび》れるように痛む。

さっき壁を殴りつけた右手からは、時折血が地面にポタポタと落ちた。流れる血液が、やけに生温かく感じられる。

篤臣の下宿は、江南のマンションから電車で五駅も離れている。だが、財布を持たずに飛び出したので、タクシーを拾うことも、電車に乗ることもできない。

おまけに、江南に殴られた頬が、熱をもってジンジンと疼《うず》く。きっと腫《は》れ上がっているのだろう。道行く人は、皆遠巻きに、篤臣をじろじろと眺めつつ通りすぎていった。

「ちくしょう……。なんで俺がこんな目に遭うんだよ」

両手で自分を抱くようにして歩きながら、篤臣は夜空を見上げた。そこには、半月が白々と輝いているだけである。

「俺が何したってんだ、クソ。……朝までに下宿に着くかなあ……あーあ」

それでも、歩くことに集中していれば、さっきのことを思い出さずに済んだ。思い出したくなかった。……少なくとも、今は。

篤臣は、長い道のりを、寒さに震えつつ、闇雲《やみくも》に歩き続けた……。

＊　＊

それから四日後、土曜日の夜……。

「へっくしょい!」

篤臣は、盛大なくしゃみをしたあと、いつものように袖《そで》口で鼻水を拭《ふ》こうとしてハッと動きを止めた。

今日は、一張羅のスーツを着ているのだ。鼻水で汚すわけにはいかない。ポケットからハンカチを出し、グイと鼻を拭った。

今思うと顔を覆いたくなるような痴話喧嘩《げんか》の末、江南のマンションを飛び出して、もう四日も経《た》ってしまった。

あれから、篤臣はずっと自分の下宿で暮らしていた。江南からは一度も連絡がなかったし、篤臣も、自分から折れるのが嫌で、電話しなかった。

火曜日、腫れ上がった顔と傷だらけの手で出勤した篤臣に、法医学教室の講師であり、篤臣の上司である美卯は、即座に「喧嘩したわね」と言い当てた。

仕方なく、篤臣は美卯に、事情を打ち明けた。ところが美卯は「犬も食わないってやつか。なーんだ」と一言の元に、すべてを切り捨ててしまったのである。

それで篤臣は、誰にも相談できないまま、同窓会の開催される土曜日を迎えてしまった。

一晩、寒空の下を歩いたせいで風邪《かぜ》気味だし、どうにも気が乗らない。

いっそ欠席しようと思っていたら、昨夜、江南の元彼女である長谷川《はせがわ》渚から出席確認の電話がかかってきて、休んじゃ駄目よ、と釘《くぎ》を刺されてしまった。

そこで篤臣は、しぶしぶ同窓会の開催されるホテルまでやってきたのである。

普通、同窓会は夕方に始まるのだろうが、皆、土曜とはいえみっちり仕事をしているので、開始は八時とずいぶん遅い。

「やあ、永福！」

ロビーで背中を叩かれ、篤臣が振り向くと、そこには眼鏡《めがね》をかけた小柄な青年が立っていた。クラス委員をしていた上田正彦《うえだまさひこ》だ。

「上田か。久しぶりだな。今、どこにいるんだっけ」

「精神神経科《プシ》だよ。永福は、法医だろ？　面白いところに行ったよね」

上田は学生時代そのままの人懐っこい笑顔で、そう言った。

「同窓会が始まるまで、ちょっと時間があるよ。喫茶店でも行かないか、永福」

そこで彼らはホテル一階のティールームに入り、互いの近況を話し合った。

上田は、去年見合い結婚をして、今、けっこう幸せな状態らしい。

自分は……と話しかけた篤臣は、上田の一言に驚愕《きょうがく》した。

「そういえば永福、今、江南と一緒に住んでるんだって?」

「え、あ、ああ……今は違うけど、その……うん、まあ。っていうか、なんで知ってんだよそんなこと!」

今、最もデリケートな話題を持ち出され、篤臣は滑稽《こっけい》なほどに狼狽《ろうばい》する。その拍子に鼻水が出てきて、慌てて洟《はな》をかんだ。

上田は、そんな篤臣の様子に首を傾《かし》げつつ、笑って答えた。

「誰に聞いたんだっけ。でもみんな知ってるよ。永福は知らないかもしれないけど、あのマンション、けっこううちの大学のドクター住んでるから、見られてるんじゃないかな」

「……げっ」

初めて知った事実に、篤臣は軽い眩暈を覚える。

(ちょっと待て……。俺は誰にも会ったことねえぞ。あ、でも俺、いつもぼーっとして歩いてるからな)

篤臣の動揺に気づいたふうもなく、上田は心底羨《うらや》ましそうにこう言った。

「いいなあ。気の合う男同士で暮らすのって、合宿みたいで気楽そうだよね。羨ましいな。家内はもちろん可愛いけど、口うるさくて、時々疲れるんだ」

「そ……そうかな」

「そうだよ。永福と江南って、学生時代から仲よかったもんね……あ」

ニコニコしていた上田は、しかしフッと顔を顰めると、声を落とし、周囲に誰もいないことを確かめてこう言った。

「だけどね、永福。江南と今も仲よしなら、気をつけろと言ってあげたほうがいい」

「何を？」

篤臣も、上田に顔を寄せ、声を潜めて問いかける。

上田は、小心者らしく、キョロキョロと視線を泳がせながら口を開いた。

「大西靖弘《おおにしやすひろ》、覚えてる？」

「忘れるわけねえだろ、あの嫌な野郎を」

ラグビー部の大西。学生時代から、篤臣を何かと目の敵にしていた、脳味噌まで筋肉でできたような粗暴な男だ。

「大西がどうしたよ？」

篤臣が訊ねると、上田は「やっぱり知らないか」と小さな吐息をついた。

「大西さ、江南と一緒に消化器外科に入ったんだよ。同期はあいつら二人だけなんだ」

「へえ。それは知らなかった」

「永福は基礎へ行ったから、臨床のこと、あんまりわからないかもしれないけど」

「おい、もったいぶらずに言えよ。なんだ？」

「ほら、江南ってよく働くし、熱心だから、教授とか医局長とかに可愛がられててさ」

「……ああ」

わからないままに、篤臣は頷いて先を促す。上田は、珍しく真剣な顔で言った。

「一緒に入った大西は、ほら、雑な奴だろ。今ひとつオペでもパッとしないらしくてさ。患者への心配りも足りないって、あんまり医局でも病棟でも、評判よくないわけ」

「……ま、そうだろうな」

「だから、大西にしてみりゃ、江南が目の上のたんこぶみたいなもんでさ。あいつをどうにかしたいと思ってるはずだよ」

「どうにか、って何をどうすんだ？」

「どこかの関連病院に島流しってところだろうね。上司の逆鱗《げきりん》に触れれば、どんなにできる医者でも、もう終わりさ。あとの人生は、市中病院の冴《さ》えない勤務医として生きていくしかないんだ」

「だけどさ。江南にそんなことして、大西に何か得になることがあんのか？」

「考えてもみなよ。いいポジションをゲットして医局に残れるのは、大抵同期のうちひとりだけだよ。江南を追い出さなけりゃ、今のままじゃ、追放されるのは大西だ。まあ、なんの証拠もない、ここだけの話だけど」

「うわ。怖ぇ世界だな、臨床ってのは」

しみじみと呟いた篤臣に、上田は呆れたように言った。

「怯えてる場合じゃないよ。そろそろ新人じゃなくなってくる時期なんだから、僕たち。江南はあれであんまり世渡りが上手なタイプじゃないから、ちょっと心配だな」

「上田さ……」

篤臣は、不思議そうに首を捻った。

「お前、精神科だろ？　なんでそんなに外科の内部事情に詳しいわけ？」

「認識不足だよ、永福」

上田は銀縁眼鏡を押し上げ、ニコリと笑った。

「精神科の医者には、みんないろんな心の重荷を打ち明けてみたくなるのさ」

「へぇ……。そういうもんか？」

「そう。僕はいわば、同期の『木のウロ』なんだ。みんな僕をつかまえては、『王様の耳はロバの耳』って叫んでいく。嫌でも、いろんな医局の内情に詳しくなるよ」

「ふうん……。お前も大変だな」

感心しきりの篤臣に、上田はやれやれ、と首を振った。

「とにかく、江南もお前の忠告なら聞くだろ。大西はあれでけっこう妙なことに知恵が回るから、機会があったら、さりげなく気をつけるように言ってやれ」

「う……うん……まあ」

今、江南と喧嘩中だから、そんなこと言えない……とはさすがに口にできず、篤臣は中途半端に頷く。

その肩をポンと叩いて、上田は笑顔で立ち上がった。

「じゃあ、辛気くさい話はそれまで。もうすぐ始まるよ。行こうか」

「あ、ああ」

篤臣も、慌てて腰を浮かし、伝票を持ってレジに向かう上田を追いかけた……。


同窓会場は、華やかな賑《にぎ》わいに満ちていた。

宴会場は、美しいシャンデリアで明るく照らされ、中央のテーブルには、いかにもパーティらしいご馳走《ちそう》が用意されている。

久しぶりに会ったクラスメートたちは、あちこちでグラスを傾け、旧交を温めていた。

篤臣も、手っ取り早く空腹を満たすと、あちこち歩き回って数多くの級友と言葉を交わした。

母校に留《とど》まったとはいえ、基礎の教室にいるため、臨床組と顔を合わせる機会は滅多にないのである。

出身地へ帰った友人たちとも再会できて、互いに話も弾み、ああやっぱり来てよかった……と篤臣が思ったそのとき。

「よう、ジュリエットじゃねえか」

野太い声が、背後から聞こえた。

忘れもしない、その不快なだみ声。大西である。

(……うげ。噂《うわさ》をすれば、だ)

ジュリエット。当然、有名なシェイクスピアの「ロミオとジュリエット」のヒロインの名前だ。

大学五年生のとき、クラス全員で取り組んだ、施設の高齢者の人たちのための劇。その演目が、「ロミオとジュリエット」だった。

当時、まだ渚とつきあっていた江南がロミオ役に選ばれ、当然渚がジュリエットの座におさまると皆思った。

だが、大西の余計な一言で、篤臣が女装してジュリエットを演じることになったのだ。

しかも、当時、江南が密《ひそ》かに抱いていた篤臣への微妙な感情が、いきなり舞台上でディープキスを仕掛けるという思いきった行動に発展してしまった。

江南はともかく、篤臣にとっては、いまだに思い出すだけで赤面してしまうような思い出なのだ。

(……このクソ野郎)

ご丁寧に、自分が仕組んで篤臣に女装させたときの劇の役名で呼ぶあたり、相変わらず嫌な奴ぶりは健在らしい。

だが、無視するというのは、いかにも大人げない行動だ。そこで篤臣は、いやいや振り向いた。

そこには、学生時代よりさらに「嫌な感じ」をパワーアップさせた大西が立っていた。学生時代はラグビーで鍛えていたせいで、それなりに締まっていた巨体。それが今は、少し太ったせいで、全体的にみっともなく緩んでいた。ワイシャツの襟が首に食い込んで、うなじが鏡餅《かがみもち》のように段々になっているのが気持ち悪い。

髪を短く刈り込み、ストライプのダブルスーツを着たその姿は、篤臣に強烈な悪寒をもよおさせた。

挨拶《あいさつ》もせず、ただ胡散《うさん》くさそうな視線を向ける篤臣に、大西はやけに陽気に話しかけた。

「死人専門の医者になったたって聞いたぜ。あいかわらず物好きだな」

篤臣は、ムッと口を結んだまま答えない。ただ、肩を竦《すく》めただけである。

大西は、まるで鼠《ねずみ》をいたぶる猛禽《もうきん》類のような顔で、赤らんだ頬を緩めた。

「で、生きた人間は、男専門だってか？　お前、江南と同棲《どうせい》してんだってな。山川《やまかわ》が、江南の部屋に帰ってくお前をしょっちゅう見かけるって言ってたぜ」

同級生の女の子の名を出して、大西はゲラゲラと笑った。

心臓が、ギュッと縮み上がったような気がした。篤臣は、唇を噛みしめ、大西を見据える。

挑発に乗ってはいけない。自分に繰り返しそう言い聞かせ、篤臣は口を開いた。

「何を言ってんだ。同棲じゃねえ、同居だ、同居」

「へえ？　そりゃ失礼。学生時代、あんまり仲がよかったからな。俺ぁてっきり、お前らホモだと思ってたんだけどな」

「お前、わざわざ俺をつかまえて、そんなこと言いたかったのかよ」

頭の中で、何かが危険信号を送っている。だからこそ、篤臣はさっさと話を切り上げようとした。

だが大西は、まあいいじゃねえか、と口角を曲げ、嫌な笑い方をした。

「たまに会ったのに、つれなくすんな。そんで、家事はどっちがやってんだ?」

「俺だよ。基礎は早く帰れるからな」

「へえ。ますます貞淑な奥さまぶりだな、永福。江南の奴が、病院で何やってるかも知らずに」

「……何?」

ただの挑発だ、と思いつつも、問いを投げかけずにはいられなかった。

篤臣が食いついてきたのを見て取り、大西は嬉しげに舌なめずりした。

「おっと、ただの同居なら、あいつの女関係の話なんかどうでもいいか」

どうあっても、篤臣をネチネチといたぶるつもりらしい。篤臣は、思わず歯噛みした。

「そ……そこまで喋ったら、聞かせろよ」

できるだけ平静を装ったつもりだが、篤臣の声は、どうしようもなく上擦っている。

大西は、もったいぶった口調で言った。

「お前も好きだねえ。……ま、いいや、同僚の恥だが、お前には特別に教えてやろう」

「とっとと言いやがれ！」

「江南の奴、看護婦といい仲なんだ。うちの教授は、そういうの大嫌いでな。もしそのことが知れたら、コレだ」

大西はヒュッと声を立てて、手で首を切る仕草をした。篤臣は、身体にゾッと鳥肌が立つのを感じる。

（……まさか……）

「看護婦って……だ、誰だよ」

「聞いたってお前は知らんだろう。谷口ハルカって奴だけどな。まだ二十歳ちょっとで、けっこうなんてえの？　美人じゃないが、エロい感じの女だな。巨乳だし」

「う……そだ」

篤臣は、ゆるゆるとかぶりを振った。

「嘘じゃないぜ」

「嘘だ。江南はそんなことする奴じゃねえ」

「ホントだって。なんでお前がそんなにムキになんだよ。今だって、あいつ当直だろ？　谷口も今日は夜勤だぜ。今頃二人で何やってるか……」

「黙れっ！」

もう、頭の中の警戒警報など、なんの意味もなさなかった。

耳に、あの留守電で聞いたハルカの声が甦《よみがえ》ってくる。

——江南せんせ、大好き。

——愛してる。

(そんなはず……。江南が、そんなことするはず……ないよな)

四日前に喧嘩したときも、心の底では、江南が浮気などするはずがないと信じていた篤臣である。

(だけど……)

しかし、大西から……第三者からハルカの話を聞かされた今、篤臣の胸には、一抹の疑惑が生じていた。

(そういえば江南……。急に俺のこと殴りつけたよな。今までは、絶対そんなことしなかったのに)

これまで、それこそ数えきれないほど小さな喧嘩を繰り返してきた二人だったが、江南が篤臣に手を上げたことは……例の強姦事件を除いては、ない。

(もしかしたら……ホントに……)

小さな疑いの芽は、篤臣の心を養分にして、みるみる大きく育ち、体じゅうに枝を広げた。篤臣の目の中に、明らかな迷いを見て取ったのだろう。大西は、急に猫撫で声になって言った。

「ま、どうしても俺の言うことが信用できないってんなら、その目で確かめてみちゃどうだ?」

「……ああ？」

「お前が今夜覗《のぞ》き見しに来るなんて、江南の奴、これっぽっちも思ってないさ。それで何もなければ、あいつは潔白。何かあったら、お前も、俺の言うこと信じられるだろ」

「そ……そりゃ……確かに」

「俺もここまで疑われりゃ、事実をお前に教えてやりたいしな。もし本当だったら、詫《わ》びの一つも入れてもらわなきゃ、やってられねえ」

「…………」

篤臣は、逡巡《しゅんじゅん》した。

大西にいいようにあしらわれている自分を感じないではない。それでも、どうしても真実を確かめたいという欲求が、体中に渦巻いていた。

「どうすんだ、おい。俺はどっちでもいいんだぜ」

大西は、揶揄《やゆ》するように声を張り上げ、決断を迫る。

（そ……そうだよな。何もなければ、それでいいんだもんな）

篤臣は、ゴクリと生唾《なまつば》を飲み込み、頷いた。

「わかった」

「お、おい永福」

一緒にいて、一部始終を見守っていた上田がそっとスーツの袖を引いたが、篤臣はそれを無視して、大声を張り上げた。

「連れてけよ！　お前が言うとおり、この目で事実を確かめてやらあ」

「よし。それでこそ男だ」

大西は、残忍な喜びを湛えた顔で、大きく頷いた……。

そういうわけで、篤臣はタクシーに乗り込み、大西と大学病院へ行くはめになってしまった。

「さて、行くか」

病院の夜間入り口でタクシーを降り、大西は顎をしゃくる。

「お、おう」

篤臣は、緊張を隠すように、肩を上下させて大西のあとに続いた。

大西には馴染《なじ》みの場所でも、篤臣は滅多に出入りしない病棟である。

薄暗い通路を通り、ロビーを通過する。

もう就寝時間も過ぎているので、あたりは静まり返っていた。

「こっちだ」

大西は巨体を揺すりつつ、どかどかと歩いていく。行き先は、聞くまでもなく、消化器外科の病棟である。

エレベーターホールを素通りして、大西はどんどん通路の奥へと歩いていく。篤臣は、怪《け》訝《げん》そうに問いかけた。

「大西。消外の病棟は、五階だろ？」

「そうだ。だが、エレベーターを使ったんじゃ、ナースステから丸見えだろうが」

「あ、そうか」

エレベーターは、各病棟のナースステーションの真ん前に設置されている。

不審人物をチェックするためなのだが、この場合、消化器外科の医師である大西はともかく、篤臣は不審人物に他ならない。

大西の言うとおり、人目を避けるに越したことはなさそうだ。

導かれるまま、篤臣は、非常階段を五階まで上った。

さすが元ラグビー部、大西はだらしなく緩んだ巨体に似合わず、軽い足取りで階段を上っていく。

篤臣のほうは、ゼイゼイと息を切らし、時々休みながらでないと、とても足が動かない。

「大丈夫か、永福」

大西は、いやに優しげな仕草で、篤臣の腕を摑んだ。その瞬間、ゾッと悪寒が走り、篤臣は反射的にのけ反った。

「だ、大丈夫だよっ」

「……そうか」

篤臣の激しい拒絶に、大西は鼻白んだような顔をしたが、すぐに嫌な笑いを取り戻し、こう呟いた。

「けっ。ホモ野郎め。江南の奴でなけりゃ、触られるのも嫌かよ」

息絶え絶えに階段を踏みしめる篤臣には、幸か不幸か、その声は聞こえなかったのだが……。

蛍光灯に白々と照らされ、昼間よりうんと寂しげな病棟には、もちろん患者の姿は見えない。

大西は、篤臣をリネン室に押し込めると、自分はナースステーションに顔を出した。

夜勤の看護婦たちが、不思議そうに大西を見る。副婦長が、声をかけてきた。

「あら大西先生。どうなさったんですか。今日は同窓会だっておっしゃってませんでした?」

「ああ。でも患者が気になって、寄ってみた。あれ、他の先生は? 江南先生は、今夜当直じゃなかったか?」

「そうですよ」

珍しく仕事熱心な大西の姿に、副婦長は満足げに答えた。

「今夜は珍しく急患が出てませんからね。江南先生には、先に仮眠室で休んでいただいてます。他の先生方は、江南先生にお仕事を押しつけて、皆さん例の場所ですわ」

例の場所、とは居酒屋のことである。だいたい、どんな医者でも、大学の近くに、気の置けない飲み屋の一軒や二軒、確保しているものなのだ。

「ああ、どうせ一晩じゅう、何もないってこたあねえもんな。今のうちに休んでおいたほうが賢いや」

「ええ。でも何かあったとき、江南先生おひとりじゃ大変。早く、先生方が切り上げて戻ってくださるといいんですけど」

「大丈夫だよ、俺がいる。じゃ、患者見てくるな」

副婦長に手を振り、大西はナースステーションを出た。その足で、篤臣の待つ、真っ暗なリネン室へ向かう。

……と、スーツの胸ポケットで振動する携帯電話に気づき、大西は足を止め、それを引っ張り出した。

電話ではなく、メールだ。それも、期待していた相手から、期待どおりのタイミングで。

「……天がついに俺に味方し始めた、かな」

大西は厚い唇を歪《ゆが》め、不敵に笑った。

そして、大きな手にしては器用に、メールを返信した。「ＯＫ」と。

「待たせたな」

狭い部屋に、ギッシリ詰まった白いリネンの山。その山の狭間でやるせなく待っていた篤臣のもとへ、大西はその暑苦しい顔をぬっと突き出した。

廊下からの灯《あか》りで、大西のシルエットだけが、篤臣には光って見える。表情は、よく見えなかった。

「遅かったな。江南、仕事で忙しいんじゃないのか？」

「いい感じだぜ」

「何が？」

酒臭い息を吐きかけられ、篤臣は顔を顰める。

大西は、篤臣をからかうような口ぶりで言った。

「今日はまだ、急患が入ってないらしい。だから江南の奴、今仮眠室にひとりでいるってよ。……ま、ホントにひとりかどうか、そりゃ疑問だけどなあ」

「なんだよ」

「今、ナースステ見てきたが、谷口ハルカもいねえ。他の夜勤のナースは、みんないたってのによ」

「……てめえ、まだ言うか！」

「シッ」

大声をあげかけた篤臣の口を毛むくじゃらの肉厚な手で塞ぎ、大西はグッと篤臣に顔を近づけた。

「それを今から確かめるんだろうが。ええ？　それとも、怖じ気《おけ》づいたか？」

「んなわけねえだろ」

篤臣は、大西の巨体をグイと押しのけ、リネン室を出た。ついでに、触れられた口元を、ジャケットでゴシゴシ擦る。

「仮眠室、どこだよ⁉」

「ここじゃねえ、医局のほうさ」

「げ。まさか、また上り下りするのかよ」

「仕方ないだろうが」

大西はこともなげに言い、また非常階段を下りていく。篤臣も、仕方なくそのあとに続いた……。


病棟は、まだ看護婦がいた分、賑やかだったのだ……と、医局棟に移動した篤臣は、しみじみと思った。

薬臭さは病棟と変わりないのだが、格段に人がいない。廊下の蛍光灯だけが、明々と灯《とも》っている。

ほとんどの部屋は真っ暗で、そこここから殺菌灯の青白い光が漏れていた。

「こっちだ」

大西は、足音を忍ばせ、三階の廊下を歩いていく。篤臣も、変に緊張して、抜き足差し足で、廊下の端っこを歩いた。

「消化器外科　仮眠室」

殺風景なプレートのかかった、白い扉。小さな覗き窓からは、ごく弱い光が見える。

どうやら江南は、不在か就寝しているかどちらかのようだ。

大西は必要以上に篤臣に近づき、耳打ちした。

「ここだぜ」

「……わかってる」

ぶっきらぼうに言い返したものの、篤臣はどうしていいかわからず、突っ立ったままだ。

「ほら、とりあえず偵察してみな」

大西は、扉を指さし、顔を寄せるジェスチャーをしてみせる。

その意図するところを察して、篤臣は扉にそっと耳をつけてみた。

(なんか俺、馬鹿みたいだ。大西の奴に上手く乗せられて、こんなとこまで来ちまって……。挙げ句の果てに、盗み聞きかよ)

暖房は、すでに切られているらしい。廊下はしんと冷えていた。

冷たい金属の感触が、耳を凍らせる。

扉の向こうからは、テレビの音が低く聞こえてきた。スポーツニュースだ。サッカーの試合結果を、アナウンサーが伝えている。

(なんだ。テレビだけじゃないか。江南やっぱり寝て……)

そう思った瞬間、テレビとは明らかに違う、くぐもった声が篤臣の耳に飛び込んできた。

『……けよ……』

『うしてよ……。……き、なのに……』

テレビに邪魔されて、切れ切れにしか聞き取れないが、どうやら男女二人が中にいるらしい。

篤臣は、緊張した顔で、より強く扉に耳を押しつけた。

そんな篤臣を、大西は腕組みしたまま、ニヤニヤして眺めている。まるで、中で何が進行しているのか、全部知っているような余裕の表情が、そのデコボコした顔には浮かんでいた。

……それを篤臣が一目でも見ることができたなら、少しは訝《いぶか》しく思えたのかもしれないのだが……。残念ながら、そのときの篤臣には、そんなゆとりはなかった。

なぜなら、扉の向こうの声は、いずれも篤臣には聞き覚えのあるものだったからだ。

ひとりは言うまでもなく江南のものであり、そしてもうひとり、女のほうは……。

『江南せんせ……好き……』

谷口ハルカ。あの女の声だ。

そう気づいた瞬間、篤臣の理性は、音を立てて爆発した。全身を支配しているのは、憤りと悲しみと失望だけだった。

(江南が……仮眠室で、あの女と……)

喧嘩した夜の、江南の言葉が甦る。

——お前の思てるようなことは、何もない。

(あんなに堂々とそう言ったの、嘘だったのかよ)

——誰がよろしくやってきた言うたんや！

(滅茶苦茶怒って、俺のこと殴ったくせに！)

「……どうしてだよ……」

篤臣は、震える手で、ノブを回した。そして、深く息を吸い込み、渾身の力をこめて扉を開け放った。

小さなテレビと、枕元のスタンドだけが点灯した、薄暗い部屋。

正面に二段ベッドが一つ、奥に一つ置かれた殺風景な仮眠室の内部には、確かに人がいた。

正面のベッドで横たわる二つの人影は、扉が開いた音に驚いたのか、絡み合った姿で硬直している。

篤臣は、その光景を、立ち尽くしたまま呆然《ぼうぜん》と見ていた。

狭いシングルベッドに寝転がっている江南は、ケーシー姿である。だが、その上着の前は、ひどく乱れていた。

そして、その江南に覆い被さり、太腿までナース服をめくり上げている、若い女……。

「……んだよ……」

色を失った篤臣の唇から、ごく微かな声が漏れる。

放心したような篤臣の姿を視界に捉《とら》えた江南もまた、幽霊でも見たように目を見開いたまま、言葉も出ない状態である。

ただ、女のほうは、ナースキャップをつけたまま、ほつれた長い髪を片手で耳にかけた。

そして篤臣を見て、うふっと可笑《おか》しそうに笑った。

半分剝《は》げ落ちた、ピンク色の口紅。そのぼってりした唇の形は、江南の顔やケーシーに、

くっきりとプリントされている。

「邪魔しないでくださぁい。ハルカと江南せんせ、これからいいところなんですから」

つけ睫毛《まつげ》をしたぱっちりした目に、少し大きすぎる鼻。確かに器量は十人並だが、大西の言うことは正しかった。

巨乳、である。Gカップはかたいだろう。

人間、狼狽えると妙なところに視線が釘づけになってしまうらしい。篤臣は、瞬《まばた》きもせず、ただその、はだけた襟から半ばはみ出し、江南の上で押しつぶされた巨大な胸を、見るでもなく見ていた。

一方、女の……ハルカの台詞に、ハッと我に返ったのは江南である。

「篤臣……なんでお前がここに……痛っ」

なおも自分にすがりつくハルカの身体を力任せに押しのけ、江南は半身を起こそう……として、二段ベッドの低い天井に思いきり額をぶつけてしまった。

その笑うしかないような光景にも、篤臣は無表情で黙りこくっているばかりである。

ズキズキ痛む額を片手で押さえながら、江南は足をもつれさせ、ベッドから転げ落ちるように床に降り立った。

「……じ……てたのに……」

篤臣は、人形のように、焦点の合わない瞳でぼんやりと江南の顔を見る。

呟いた言葉は、頭で考えたものではなく、ただ自然にこぼれたものだった。

「篤臣、篤臣！　違うんや」

「俺は……信じてたのに」

江南は、篤臣の前に立ち、その両肩を摑んで揺さぶった。

「おい。聞けって……！」

江南は、篤臣の背後で廊下の壁にもたれ、可笑しそうに肩を震わせている大西を見るなり、カッと眉を逆立てた。

「大西！　……そうなんか、お前が！」

「なんのことかな。俺はただ、永福をここに連れてきてやっただけだぜ。お前がこんなところで看護婦とよろしくやってるとはなあ」

「貴様……汚い真似《まね》しくさって」

「身から出た錆《さび》ってやつだろ。おい永福、詫びは今度ゆっくり聞くからな」

大西は声をあげて笑いながら、廊下を悠々と歩き去る。

まるでそれを追うかのように、篤臣もクルリと江南に背を向けた。

「……帰る。邪魔して悪かった」

「おい、篤臣ッ！」

江南は篤臣を引き留めようと手を伸ばし……しかし。

「触んな！」

血を吐くような篤臣の叫びに、ハッと触れかけた手を止めた。

「……聞けや」

「聞きたくない！」

篤臣は、背中を向けたまま、激しくかぶりを振る。

「俺、あんなことお前に言ったけど、それでも信じてた。信じてたのに……。でも、もういい」

「篤臣！　こっち向けって」

「嫌だ。もうお前の顔なんか、見たくない」

顔が見えなくても、篤臣が泣いていることは、その声の微妙な震えでわかった。

肩が、ひく、と動く。嗚咽《おえつ》を必死で堪えていることを、乱れた呼吸が告げていた。

「もう、会わない。もう、お前の生活に干渉しない。それで望みどおりだろ」

「篤臣……お前……」

江南は、途方にくれて絶句した。そのとき、それまでベッドに腰かけ、成り行きを楽しげに眺めていたハルカが立ち上がった。

「いやーん、なんか恋人同士の会話みたいですぅ。ハルカがここにいるのにー」

甘えた調子でそう言って、ハルカは江南の背後から腕を回し、抱きつこうとした。

しかしたちまち振りほどかれ、床に尻餅をついてしまう。開いた足の間からパンティが丸見えだが、気にする者は誰もいない。

「いったーい。ひどいです、せんせ。さっきはあんなに優しかったのにい」

舌足らずなハルカの言葉は、篤臣の心に、矢のように深く突き刺さった。

これ以上、傷つきたくなかった。

これ以上、プライドをズタズタにされたくなかった。

こんな女の前で、泣きたくなどなかった。

だから篤臣は、それ以上何も言わず、仮眠室を飛び出した。今にも倒れそうに頭がガンガン痛み、足が震えているのが自分でもわかった。

視界は、溢れる涙で滲んでいる。

後ろから自分を呼ぶ江南の声が聞こえたが、篤臣は一度も振り返らなかった。ただ、エレベーターホール目指して、一歩一歩、身体を引きずるようにして歩き続けた。

そして、やってきたエレベーターに乗り込み……そこで篤臣は、とうとうしゃがみ込んだ。行き先ボタンも押さず、停止したままのエレベーターの中で、自分を抱きしめたまま、動けない。

「……んで……なんでなんだ……」

あとからあとから溢れる涙が、悔し涙なのか、悲しみの涙なのか……今の篤臣には、それすらわからなかった。

「どうして……追いかけてきてくんないんだよ、江南……」

ただ、さっき見た江南とハルカの姿が、網膜に焼きついて、目をつぶっていてもありありと脳裏に浮かぶ。

江南の驚愕の表情。そして、江南の胸にすがりつく、ハルカの姿。二人の胸の間でつぶれた、ハルカの乳房……。

「畜生……。畜生、なんでそうなっちまうんだよッ……。何がいけないってんだ」

どうしようもなく狂っていく歯車の音を聞きながら、篤臣は小さな箱の中で、いつまでもうずくまっていた……。

2.

大切な人と大喧嘩《げんか》をしたあとの人間の行動パターンには、二種類ある。

オンとオフをしっかり分け、仕事中は何事もなかったかのように振る舞えるタイプ。

あるいは、生活のすべてがそのダメージによって滅茶苦茶《めちゃくちゃ》になってしまうタイプ。

江南耕介《えなみこうすけ》について言えば、彼は典型的な前者のタイプであるらしかった。

江南は、あの夜以後も、日曜、月曜と平然と勤務を続けていた。谷口《たにぐち》ハルカと何度か顔を合わせたが、江南は顔の筋肉一つ動かさず、無視を決め込んだ。ハルカのほうは、チラチラと江南を見たが、極端な拒絶の態度に、何も言うことができないらしかった。

それは、大西《おおにし》に対しても同じことだった。大西は何度か意味ありげな目配せをしてきたが、江南は無表情でそれを受け流していた。

ただし、江南の鉄面皮は、勤務中に限られる。愛車ホンダシティの運転席におさまると、彼の表情は途端に険しくなった。自宅玄関のドアを開けると、さらにその顔が曇った。

真っ暗で、冷えきった家の中。

同居人の永福篤臣《えいふくあつおみ》が出ていってもう一週間になる。その間、篤臣が戻ってきた形跡はまったくなかった。

荷物をあらかたこちらに持ってきているのだから、下宿に戻っても不自由しているはずだ。だが意地っ張りな篤臣のこと、絶対にこの家の敷居を跨《また》ぐまいと心に決めているのだろう。

リビングのソファーの背にコートとジャケットをかけて、江南は室内を見回した。

――おう、おかえり。

そんな声が聞こえたような気がして、台所に目をやる。だがそこに篤臣の姿はない。

――あー、お前。何度言っても、脱いだものリビングにほったらかしやがって！

篤臣のお決まりの台詞《せりふ》が、脳裏に甦《よみがえ》る。いつもうるさいと思っていたが、今は無性にその声が恋しかった。

篤臣が同居してから、こんなに寒くて暗い部屋に帰ってきたことはなかった。いつも玄関の扉を開けるなり「おかえり」の声が飛んできて、居間は暖かかった。そしてそこには笑顔の篤臣がいた。

「…………」

江南は力なく首を振り、寝室に向かった。

ネクタイをほどき、ベッドに腰を下ろす。

いつしか、この家に篤臣がいることが、当たり前のようになっていた。

あの笑顔と声が消えた家は、まるで廃墟《はいきょ》のようだ。日々、家の中がものすごいスピードで荒れ果てていくような気がした。

「寂しいんやな……俺」

冷えきった布団の上にゴロリと寝そべり、江南は独りごちた。目を閉じて、ここ一週間のことを思い出す。

これまでは、仕事に気を逸《そ》らし、そのことを考えないようにしてきた。だがいつまで逃避していても仕方がない。

ひとりぼっちの空間に耐えがたいと思っている以上、これからすべきことをしっかり考えなくてはいけないのだ。

当直室で仮眠中、突然ハルカにのしかかられた、一昨日《おととい》の夜。

以前から、ハルカは江南に好意的だった。看護婦や医者仲間たちと飲みに行くと、ハルカはいつも江南の隣に座り、お酌だ料理だと、まるで女房気取りで世話を焼いた。

鬱陶《うっとう》しいとは思ったが、べつにことさら邪険にして場を白けさせることもなかろうと、好きにさせておいたのが悪かった。ハルカは徐々に大胆になり、留守番電話に意味深なメッセージを吹き込むようになった。

それを「馬鹿げたこと」と黙殺していたのを、ハルカはOKサインと受け取ったのだろうか。

(それであの夜、いきなり……?)

職場の仮眠室で、医者が看護婦といちゃついていた。それだけでもちょっとしたスキャンダルである。仕事に厳格な教授は、部下の不行状を許しはしないだろう。たとえそれが、お気に入りの江南であっても。

もしハルカが教授にそのことを告げ口しようものなら、江南の将来は事実上、絶望に満ちたものになる。

あれからもう二日経《た》つ。教授は今日、出張で不在だった。ハルカがもし、明日にでも教授に土曜日のことを話せば、江南は明日か遅くとも明後日《あさって》、呼びつけられ、問いつめられることだろう。

(それはともかく……)

なぜあそこに、あんなにタイミングよく、同窓会に行っていたはずの篤臣が現れたのか。しかも大西と一緒に。

どう考えても、偶然とは思えない。きっとハルカと大西が共謀して、まさにあの瞬間、篤臣が仮眠室に入るように仕組んだ……つまり、あの二人は、グルであるということだ。

大西の魂胆は、江南には薄々わかっている。

入局したときから、江南は大西にまったく注意を払わなかった。気が合うとはとても思えなかったからだ。

だが大西のほうは、一方的に江南をライバル視し、これまでも事あるごとに嫌がらせを仕掛けてきた。

まだ篤臣には告げていないが、今江南は、教授から大きなチャンスを与えられようとしている。大西がそれを快く思っているはずはないし、今回のことが妨害工作であると考えれば、筋は通る。あるいは、ハルカは大西の女で、彼のために計画に加担しただけかもしれない。

（けど、なんであれを篤臣に見せたんや。大西が邪魔なんは、俺だけのはず……）

江南はハッとして起き上がった。

あの二人の目的がどうあれ、篤臣があの場に連れてこられたということは、彼らが、江南と篤臣の関係を知っているということだ。

「わからんな……」

呟《つぶや》いて、江南は両手で顔を覆った。

彼らの本当の狙《ねら》いはなんなのか、篤臣をいったいどう利用するつもりなのか。

江南には、彼らの思惑を正確に推定することができなかった。それに、彼にとって大切なことは、そんなことではなかったのだ。

（……篤臣……）

あの夜から、江南は一度も篤臣の顔を見ていない。声さえも聞いていない。

（泣いてたもんな、あいつ……）

仮眠室から飛び出した篤臣を、すぐに追うべきだったのだろう。だが江南は、驚きで放心状態になり、そのチャンスを逸してしまったのだ。ハッと我に返ってあとを追ったが、もう、篤臣の姿はどこにもなかった。

誤解とはいえ、どれほど篤臣は傷ついたことだろう。その「誤解」の原因を作ったのが自分である以上、やはり篤臣に会って事情を説明するべきだろうと、江南は思った。

(これ以上、意地張ってても、どうにもならんしな)

まるで浮気の弁解をする亭主のような無様な自分の姿を想像し、江南は嘆息した。だが、篤臣をこのまま失うくらいなら、恥をさらし、罵倒《ばとう》されるほうが、まだましだ。

(それに……あいつに言わんとアカンこともある)

明日、なんとしても篤臣をつかまえ、話をしよう。そう決心した江南は立ち上がり、キッチンへ行った。

カップボードに置いてあったボンベイサファイアの青い瓶を取り上げる。

江南は無造作に、瓶から直接ジンを呷《あお》った。強いアルコールが、粘膜を灼《や》きながら食道を下りていき、胃の中で炎の固まりのようにわだかまる。

酔いが回ってくると、ここしばらくの自分の行為が甦り、後悔が胸を焦がした。

思いもよらぬ篤臣の怒りに驚き、身に覚えのないことで責められて、つい手を上げてしまった。その上、仕組まれたこととはいえ、ハルカと一つ寝床にいるところまで、篤臣に見せてしまったのだ。

「あいつ、どうしてるんやろな……」

江南は、ポツリと呟いた。

古ぼけた木造アパートの一室で、篤臣は何を思っているのだろう。勝ち気で怒りん坊の篤臣だが、意外なほど涙もろくて落ち込みやすい。長いつきあいでそれを知っていながら、どうして自分はまた、彼を傷つけ、泣かせてしまったのだろう。

どれだけ酔っても、目を閉じても、最後に見た篤臣の泣き顔が、江南の脳裏に浮かんで消えなかった……。


翌日の午後十時過ぎ……。

近所の銭湯からコインランドリーを経由して帰宅した篤臣は、狭い六畳の部屋じゅうに紐《ひも》を張り巡らせ、洗濯物を干した。

「参ったなあ……」

干し終わった洗濯物の下に胡座《あぐら》をかいて、篤臣は溜《た》め息をついた。

仕事でも家事でも、何かをしている間は、江南のことを忘れていられる。だが、手持ち無《ぶ》沙《さ》汰《た》になった途端、あれこれと思い出してしまうのだ。

ここしばらくの無意識の癖で、篤臣は右頰《ほお》にそっと触れた。江南に殴られた部分が、まだ熱を帯びているような錯覚に陥る。

「だいたい、なんなんだよ。あいつにとっての俺は、いったいなんなんだ」

この独り言も、もう何度口にしたことか。

(そもそも、無理やり俺のことヤッたのは、あいつじゃねえか。そんで、あれこれあって一緒に住むようになって、なんかこれもいいかなって思った途端に、捨てられた、ってか)

「……ムカツク!」

篤臣は、黄色く変色し、微妙に波打った畳の上に、ゴロリと仰向けに寝転んだ。洗濯物が揺れ、洗剤の匂《にお》いが漂ってくる。

「俺は、てめえの玩具《おもちゃ》じゃねえんだぞ、江南！」

バシンと拳《こぶし》で畳を殴りつける……と。

「……誰《だれ》がお前を玩具やなんて言うた」

突然、耳慣れた声が聞こえて、篤臣は飛び起きた。信じられないというように目を見開き、戸口のほうを見る。

そこには、仏頂面をして、トレンチコートのポケットに両手を突っ込んだ、江南が立っていた。

「え……えな、み？」

「不用心やな。鍵《かぎ》、開いとったぞ」

「あ……そりゃ、さっき両手に洗濯物持って帰ってきたから、つい……」

篤臣は言い訳しかけて、ハッと顔を強張《こわば》らせる。

「な、なんだよ。何しに来たんだよっ」

江南は、相変わらず玄関に突っ立ったまま、ボソリと言った。

「お前と、話しに来た。上がってええか？」

じっと自分を見る江南の目は、思いつめた光を放っている。その迫力に押されて、篤臣は目を逸らし、吐き捨てた。

「もう上がってんじゃねえか。好きにしろ」

「……そうか」

江南はのそりと上がり込んできて、洗濯物を両手で暖簾《のれん》のようにかき分け、篤臣の正面に胡座をかいた。そして、そっぽを向いた篤臣の横顔をしげしげと眺め、言った。

「ちょっと、痩《や》せたんと違うか、お前。ちゃんと食うてるか？」

「だ……誰のせいだと思ってんだよ」

そんな弱音を吐くのは嫌だったが、江南の顔を見た途端、篤臣は自分の思いをせき止めることができなくなっていた。

「よく、顔見せられたよな。あんな……こと、しといて」

ぴく、と江南のきつい眉《まゆ》が動く。だが彼は、篤臣に向かって深々と頭を下げた。

「すまん。悪かった」

「ってことは、お前、やっぱり！」

「ああ、違う！　あれは、お前の勘違いや」

篤臣は弾《はじ》かれたように江南のほうへ向き直り、大声をあげた。思わず正座、である。江南も慌てて両手を振って否定しながら、きちんと座り直した。

薄暗い六畳一間の、しかも洗濯物の下で、男二人が正座して向かい合っている図というのは限りなく滑稽《こっけい》だが、それを客観的に楽しむ余裕は、今の二人にはない。

篤臣は、拳で畳を叩《たた》き、声を荒らげた。

「お前が女を乗っけてベッドに寝てるのを見て、他にどう考えろってんだよ」

「ええか。落ち着いて聞け」

江南は、コートも脱がないままで、篤臣の顔を見据えた。

「き……聞くだけはタダだからな！」

篤臣も、ジロリと江南を睨《にら》み、ふてくされたように言葉を返す。

江南は、できるだけ簡略に、しかし篤臣の誤解を解くに十分なだけ、ハルカと大西がグルらしいことを、篤臣に話して聞かせた。

最初は疑わしげに腕組みして話を聞いていた篤臣は、やがて江南が話し終わると、眉をハの字にして唸《うな》った。

「マジかよ、それ。なんかお前、病院ドラマ見すぎてんじゃねえの？」

まだ、疑惑を含んだ口調と視線が、江南に突き刺さる。それでも、こうして話を聞いてくれるだけでも、江南には驚きだった。

「そうやない。臨床っちゅうんは、なかなかややこしい世界なんや。そうでなくても、大西は俺のことを勝手に嫌っとったからな」

「で、あの馬鹿っぽい女は、勝手にお前のことを好きになってたと、そういうことか。えらく都合のいい言い訳だよな」

「言い訳やない、と言ったところで、白々しいか。……確かに谷口に関しては、俺が不注意やった。お前があの留守電聞いて、気にしてるなんて思わんかったんや」

「……気にしてねえふりしてたからな」

篤臣は、そう言って、唇を噛《か》んだ。そんな篤臣を見て、江南はきつい切れ長の目を、ふと和ませた。

「不安にさせてしもたな。……悪かった。せやけど、あいつとは何もない。これはハッキリ言うとく」

「これからも……何もねえんだな？」

「あるわけないやろ。……おわっ」

探るような篤臣の視線を真っすぐに捉《とら》えて、江南はきっぱりと言い放った……と、その頭上から濡《ぬ》れた靴下が落ちてきて、浅黒い顔にべたりと張りつく。ビックリしてそれを引き剝《は》がし、顔の前に持ってきて凝視している江南に、篤臣はとうとう吹き出した。

「悪ぃ。干し方悪かったんだな」

篤臣は立ち上がり、江南から靴下を受け取って、干し直した。篤臣のほっそりした顔を見上げて、江南はようやく表情を和らげた。

「久しぶりやな、お前の笑う顔見んの」

「……誰のせいだよ」

じろりと睨み下ろす篤臣の目はしかし、最初ほどは怒っていない。

「あのな。ホントは、二度とお前の顔なんか見るもんかって思ってた」

篤臣は江南の向かいにどすんと腰を下ろし、そう言って照れくさそうに鼻を擦《こす》った。

「でもな、美卯《みう》さんが、きちんと話し合えって。お前はそういう男じゃないはずだって言われた。考えてみりゃ、情けねえよな。一緒に住んでた俺より、職場の先輩の美卯さんのほうが、お前のことわかってるなんて」

「美卯さんが……そうか」

江南は、やっと納得した。法医学教室の講師である中森《なかもり》美卯は篤臣の姉貴分で、江南とのことも知っている。きっと、篤臣が落ち込んでいるのを見かねて、アドバイスしてくれたのだろう。江南はニヤリと笑って言った。

「そら、美卯さんは俺に何も思うところがないからや。お前は俺に惚《ほ》れとるから怒るんやろ？　よく言うやないか、『恋は盲目』て」

「お前……よくそういう恥ずかしいことをハキハキと言えるよなあ。……けど、俺もお前の話を聞きもせずに、頭ごなしに怒りすぎた。それについては、反省してる」

「篤臣……。わかってくれたんやな？」

「ま、一応」

「ほな、もう一つ、お前に大事な話がある」

江南はそう言うなり、再び正座した。篤臣は、ギョッとした表情でそんな江南を見る。

「な、なんだよ」

「さっき話の中に出てきたやろ。俺が教授に、でっかいチャンスもろうたて話。たぶん、大西はそれを邪魔しようとしてるんやて」

「あ、うん。そういや、チャンスってのが何かはまだ聞いてなかったよな。それが、大事な話か？」

江南は頷《うなず》き、低い声で言った。

「来月、アメリカに行くことになった」

「……え……？　そんな……急に？」

思いもよらぬ江南の言葉に、篤臣は驚いて目を見張る。

「シアトルのワシントン大学医学部へ、外科の研究生として留学するんや。ホンマは、俺のオーベンやった先生が行くはずやったのを、教授が、俺に代わりに行けって」

「留学って、どんなことすんだよ」

「ビザの都合で、向こうで働くことはできへんから、研究一本やな。人工臓器研究プロジェクトに参加させてもらえるらしい」

「それ……どのくらいの期間なんだ？」

「最低一年。俺の力量次第では、もっと延びるやろうて言われた」

「そ……そっか。けど、大西がそれを邪魔しようとしてんだろ？　もしかして、土曜日のことで、何か……」

「大西と谷口が何をしようと、俺には後ろ暗いことは何もない。絶対に、行ってみせる」

江南は、強い口調で言いきる。篤臣は、思わず絶句した。

目の前の江南の顔は、感情をあまり表に出さない彼にしては珍しく、希望に輝いていた。

外科のことはさっぱりわからない篤臣にも、そんな長期留学を許されるというのは、滅多にないことだと理解できる。江南の実力が、教授に認められている証拠だろうと思うと、篤臣もなんだか誇らしい気分になる。

（おめでとう、って言ってやらなきゃいけねえんだよな。……だけど）

祝福してやりたいと思うのに、篤臣の唇は、意味のない動きをするだけで、一言も発することができなかった。

（だって、一年以上……になるかもしれないんだろ。くそ、なんでこいつ、こんなに正面切って嬉《うれ》しそうなんだよ。留学中、俺の顔見られないなんてこたあ、ちっとも気にならねえのか？　だけど俺は……）

「江南……」

「なんや？」

ようやく篤臣が吐き出した呼びかけの言葉に、江南は真面目《まじめ》な顔で答える。

「俺さ……ってか、お前さあ」

会えなくて寂しくないのか、と口から出かかった言葉を、篤臣はゴクリと飲み込んだ。悔しくて、そんなことはとても言えない。

「……いや、なんでもねえ」

唇を引き結んで黙り込んだ篤臣を、江南はしばらく何も言わずに見ていた。だが、唐突に畳に両手をつき、下から篤臣の顔を覗《のぞ》き込んでこう言った。

「あんな、篤臣。お前、俺と一緒にアメリカ行かへんか？」

「……は？」

またしても想像を超えた江南の発言に、篤臣は埴輪《はにわ》のように口をポカンと開けたまま、硬直する。江南は、熱を帯びた口調で言葉を継いだ。

「このまま俺がアメリカに行ってしもたら、俺ら、駄目になるかもしれへん。……俺は、お前と一緒にいたいんや。せやから」

「……何考えてんだ、お前」

篤臣は、尖《とが》った声をあげた。

「だいたい、なんでお前の留学に、俺がついていくわけ？　俺はお前の嫁さんじゃねえんだぞ？」

「嫁やなくても、女房役やろ？」

「だ……だから、そういうこっちゃなくて」

「お前は、俺と一緒やなくても平気なんか？　寂しいとか、一緒にいたいとか、思わへんのか？」

自分はそう思う、と江南は明言した。こんなときでなければ、それは篤臣にとってどれほど嬉しい言葉だったろう。だが今は、単純にその発言を喜んでいる場合ではなかった。

「思うさ。思うけど。でも、俺のことはどうなんだよ？　俺だって、仕事してんだぜ？」

「それは……わかってる。せやけど……」

江南は困ったように顔を顰《しか》め、言葉を探し……そして言った。

「けど、お前、基礎やし法医学やし、何年か抜けたかて、たいして学問として進むわけやないやろ？　人もそう入らんやろし。あ、金の心配はせんでええ。留学言うても、消化器外科からの派遣やから、給料は日本の職場から出る。お前くらい養うんは……」

次の瞬間。

「馬鹿野郎ッ!!」

篤臣は、今度こそ、大爆発した。立ち上がるなり、顔にまとわりつく洗濯物を、手当たり次第に摑《つか》み、江南めがけて投げつける。

「うわっ、な、何するんや！」

「何が何するんや、だ！　お前、俺のことを、どこまで馬鹿にしてんだ！」

「馬鹿になんか……」

「してるじゃねえか！　なんだよそれ。俺の仕事は、お前の仕事に比べりゃ、どうでもいいってことだろ？」

篤臣は激昂《げっこう》のあまり、血の気の引いた顔で叫んだ。頭から湿った洗濯物を被《かぶ》ったまま、途方にくれた顔つきで、江南は篤臣を宥《なだ》めようとする。

「そういう意味とちが……」

「何が違うよ。おまけに、お前今、俺のことをヒモ扱いしたろ！　ああ、お前と違って、俺の稼ぎは少ないさ。けど、お前にそこまで言われる覚えはねえ。これまでだって、家賃も食費も入れてただろうが！」

「篤臣、落ち着け。俺は何もそんな……」

「これが、落ち着いていられるか！　もういい。今度という今度は、愛想が尽きた。もうお前の話なんか聞かねえ。出てけ！」

「篤臣、ちょっと待て、俺の話を……」

「うるさい！　出てけったら出てけ！」

篤臣は、江南の胸ぐらを摑んで立たせ、玄関へと押しやった。薄い木の扉を開けて、外へと思いきり突き飛ばす。

「篤臣……」

「勝手にひとりで、アメリカでもどこでも行っちまえ！　俺は行かないからな！」

呆然《ぼうぜん》とする江南の目前で、バタン！　ともものすごい音を立てて扉が閉まった。

「ちょっと。ウルサイわよー」

隣の部屋から、ジャージ姿の若い女性が顔を覗かせ、江南を見るなり、ギョッとした。胡散《うさん》くさそうに江南を頭からつま先まで見回し、部屋に引っ込んでしまう。

「…………？」

ふと気づくと、頭に洗濯物が一枚、載ったままである。手に取った江南は、絶句した。それは、篤臣の「プーさん」柄のトランクスだったのだ。

「……また、怒らせてしもたか……」

江南は嘆息して、閉ざされた扉を見た。篤臣があれほど激怒している以上、今夜はいくら待っても頼んでも、再び部屋に招き入れられることはないだろう。

江南は仕方なく、トランクスを郵便受けにねじ込んでから、踵《きびす》を返した。

せっかく仲直りできたと思ったら、また元の木阿彌《もくあみ》……いや、それよりひどい状態になってしまった。

「どうも、上手いこといかんな……」

そんな苦い呟きを漏らしつつ、江南は重い足取りで、ひとりぼっちのマンションへと帰っていった……。


翌日の昼休み。

「永福君、お昼買いに行かない？」

実験室から戻ってきた美卯に声をかけられ、自分の席に突っ伏していた篤臣は、重い頭を上げた。

「あー。俺いいっす。食欲なくて」

「どうしたの？　あ、仲直り失敗した？」

美卯は、篤臣の隣の席に腰を下ろし、心配そうに篤臣の顔を覗き込んだ。顔色は悪いし、目の下に隈《くま》まで作っている。とてもハッピーとは思いがたい顔つきだ。

篤臣は、溜め息をついて頷いた。

「あいつ、勝手なことばっかり言うんですよ。もう、俺ムカついて眠れなくて」

「んもう。手のかかる弟分ね。いったいどうしたのよ?」

篤臣は、ボソボソと美卯に昨夜のことを語った。話しているうちに情けなくなってきて、ますます元気がなくなってしまう。

黙って最後まで聞いた美卯は、うーん、と珍しく歯切れの悪い声をあげた。

「そりゃー、言い方が悪いわ、江南君の」

「でしょう⁉ 俺、あいつにあんなふうに思われてたのかと思うと悔しくて」

「まあまあ、落ち着いて。確かに江南君の言いようはあんまりだけど、それも、永福君を連れていきたい一心で、でしょ?」

「そりゃ……そうみたいですけど。でも、俺のことなんてこれっぽっちも考えてないんですよ、あいつ。俺は、江南に養われて平気でいられるような人間じゃない。馬鹿にするにもほどがあるッ……あ」

激した篤臣は、思わず大声になってしまう。秘書の本田《ほんだ》にビックリした顔で見られて、篤臣は慌てて声を潜めた。

「だから俺、きっぱり断ったんです。勝手にひとりでアメリカ行っちまえって」

「じゃ、もう江南君と別れるってこと? せっかく、看護婦さんとのことは誤解だってわかったのに?」

核心を突いた美卯の質問に、篤臣は痛そうに顔を歪《ゆが》める。黙りこくった篤臣に、美卯は少し声音を和らげて言った。

「永福君の気持ちもわかる。でもね。二人の人間が一緒に暮らそうと思ったら、どちらかが譲歩しなくちゃいけないことが必ずあるわよ。双方が譲らなかったら、とてもやっていけないもの」

「それはわかってます。俺だって子供じゃないんですから」

「プライドの問題ってことね。でも、ついていってあげたい気持ちはあるんでしょ？」

「そりゃ……まあ。俺だって、べつにあいつのこと嫌いだとかそういうわけじゃなくて」

　モゴモゴと、篤臣は口の中で呟く。

「だったら、割り切って計算なさい」

美卯は、きっぱりと言った。篤臣は、目を丸くして美卯の卵形の顔を見る。

美卯は、澄んだ目で篤臣をじっと見て、淡々と言った。

「意地だプライドだって言ってるうちは、いつになっても話は終わらないわ。大人だっていうなら、冷静になって、存分に計算すればいいの。その提案を受け入れたとき、自分が失うものと、得るものの差し引きを」

「差し引き……」

「そうよ。差し引きがプラスなら、それは自分のためになる選択だってこと。万難を排してその道を選べばいい。マイナスなら……ま、判断は、あなた次第だわね」

篤臣は、戸惑《とまど》いがちな眼差《まなざ》しで美卯を見る。その額を、美卯は指先で軽く弾いた。

「……いてっ」

「そんな、迷子みたいな顔しないの。思いきり悩みなさい。自分のことでしょ」

「…………」

「意地を張りすぎると、本当の幸せを見逃すわよ。今のあんたがいちばん失いたくないものは何か、よく考えることね」

そう言って、篤臣の柔らかい癖毛をくしゃっと撫《な》で、美卯は教室を出ていった。その優しい仕草が、篤臣には妙に嬉しかった。

「……いちばん……失いたくないもの、か」

篤臣は呟き、再び机に突っ伏したのだった……。


その日の夕方、教室の扉を開けて、美卯が廊下から顔を出した。

「永福君、実験室に電話」

「あ、すいません」

少しも頭に入ってこない論文と睨めっこしていた篤臣は、腰を上げ、教室を出た。

「江南君からよ」

「え。あいつ、携帯にかけりゃいいのに」

篤臣はギョッとして廊下の真ん中で足を止める。美卯は、皮肉っぽい口調で言った。

「携帯じゃ、誰かさんが出てくれないからじゃないの？」

「う……それは」

「邪魔はしないわ。私は向こうに行ってるから。話が終わったら声かけて」

そう言って、美卯は教室に入ってしまう。篤臣は、仕方なく実験室に行き、受話器を取った。

「……もしもし」

低い声で言うと、受話器の向こうから、どこか躊躇《ためら》いがちな江南の声が聞こえた。

「あ……俺や」

「何か用か？」

本当は、江南の声が聞けて心のどこかでホッとしているのに、つい意地を張って、必要以上に喧嘩腰になってしまう篤臣である。

だが江南のほうは、むしろ平板に言った。

「少しだけ、抜けられへんか？」

「今か？」

「頼む」

「……べつに、いいけど」

「ほな、臨床講義室前のロビーで待ってる」

「わかった。行く」

そう言うなり、篤臣は乱暴に受話器を置いた。そして、大股《おおまた》に教室へ戻った。

「美卯さん、電話終わりました」

「早かったのね」

それで？と目で問いかける美卯に、篤臣は短く答えた。

「ちょっと出てきていいですか？」

「いいわよ」

美卯はそう言って、読んでいた論文に視線を戻した。

「ゆっくりしてらっしゃいな。そんなにグッタリしてられちゃ、こっちがたまらないわ」

「……すいません。行ってきます」

椅子の背にかけてあった白衣を手に取り、篤臣は教室を出た。

自然と足早になっている自分に、舌打ちしたいような苛立《いらだ》ちにかられる。それでも、無視できないほど鼓動が高まっていた。

腹を立てているのに、江南の顔が見られると思っただけで、これほどまでに胸を騒がせてしまう。そんな自分が腹立たしくて、篤臣はエレベーターを待つ間、思わず床を蹴《け》りつけた……。


講義がとっくに終了し、学生たちの姿が消えた広いロビーは、西日が差してオレンジ色に染まっていた。

江南は、いくつもあるベンチの一つにぽつんと座っていた。ケーシーの上に白衣を引っかけた、いつもの姿である。

近づいてくる篤臣をじっと見ていた江南は、篤臣がドスンと傍らに腰かけると、沈んだ声で言った。

「悪かったな、仕事中に呼び出して」

「べつにいいさ。なんだよ」

「電話やったら、もっとこじれるような気がしてな。お前の顔見て、話したかった」

「で？　だからなんだよって」

どこか重苦しい、気まずい空気を振り払うように、篤臣はせっかちに先を促した。江南は頷き、口を開いた。

「わかってるんや、お前が怒ってる理由は」

沈痛な声でそう言った江南を、篤臣は、きつい目で睨みつけた。

「だったら、もう話終わってんだろ」

江南は一つ溜め息をついた。やや猫背気味に屈《かが》めた白衣の背中が、篤臣にはとても寒そうに見えた。

「それがお前の勘違いやから、もういっぺん言う。……俺は、お前の仕事とか人格とかを無視して、アメリカに一緒に来てくれ言うたわけやない」

それを聞いた途端、篤臣の細い眉がキリリと逆立った。

もう、ロビーに人影はない。それでも、いつ学生が通りかかるかわからない場所である。こんなところで修羅場を展開する趣味は、江南はもちろん、篤臣にもなかった。

だから篤臣は、目いっぱい見開いた目にできる限りの怒りをこめ、押し殺した声で言った。

「そうじゃないんなら、どういうつもりだよ、ええ？」

江南は、そんな篤臣の視線を受け止めかねて、思わず視線を床に落としてしまう。

「俺がお前の仕事なんかどうでもええように言うてしもたから……。俺、口が下手《へた》やから、そう聞こえてしもたかもしれへんけど、違うんや。そんなつもりと……」

「男が、いちいち弁解すんな！」

「……すまん」

いつもなら、癇癪《かんしゃく》を起こして怒鳴り返してくるであろう江南が、怒られた犬のように項《うな》垂《だ》れる。

その様子に、篤臣はチクリと胸が痛むのを感じた。

「そ……そりゃ、俺怒ってっけど。滅茶苦茶怒ってるけど……」

江南は、横目でそっと篤臣の表情を窺《うかが》う。篤臣は、怒りで顔を紅潮させたまま、しかしほんの少しトーンの落ちた声で言った。

「お前の話を聞いてやるために、ここにいるんじゃねえか。……とっとと、先を話せよ」

その言葉に、江南は安堵《あんど》したらしかった。すうっと大きく息を吐き、肩を上下させてから、あらためて口を開く。

「やっぱり一緒にアメリカに来てほしい。……ああ、まだ何も言うな。俺の言うこと、最後まで聞いてほしいんや」

「……いいぜ」

ふてくされたように、篤臣は頷いた。

江南は相変わらず前屈みのままで言った。

「俺は、お前が好きや。たとえ一年や二年でも、お前と離れてたない。……せやから、一緒に来てくれて言うた」

「で、俺は断ったろ？　俺だってお前が大事だけど……。でも、俺には俺の仕事がある。……生活も、夢もある」

「それはわかっとる。わかっとるのに、こないだは焦って、ついあんなこと言うて、お前を傷つけた。……ホンマ、すまん」

篤臣は何も言わず、唇を嚙みしめている。江南は、淡々と言葉を継いだ。

「なんて言うたらわかってもらえるんか、わからん。今の俺に言えるんは、これだけや」

江南は、ゆっくりと身体《からだ》を起こした。江南の切れ長の鋭い目が、困惑と決意を湛《たた》えて、篤臣を見つめる。

「……なんだよ」

「俺は、お前にものごっつい大きな犠牲を払えと言うてる。それはわかっとる。これまで一生懸命やってきた仕事を、俺のために放り出せて言うてるんやもんな」

「ああ」

「いくら法医学が人おらん言うても、帰国したとき、元の職場に戻れるとは限らへんのやもんな」

「……てめえ、俺に不安発作を起こさせるために、わざわざ呼び出したのかこの野郎」

「そうやない。聞いてくれ。頼むから」

再び声を荒らげる篤臣を、江南は慌てて制した。

「せやから……俺は、お前を納得させるだけのことをする」

「……はあ？　どういうことだよ、そりゃ」

江南の落ち着き払った声に、篤臣は思わず奇声をあげてしまう。

「お前が、俺のために払う犠牲と同じだけ……同じだけやとお前が思えるだけのことを、なんでもする」

「なんでもってよ、お前……」

江南の顔も声音も、真剣そのものだった。篤臣は、当惑して眉尻を下げる。

「なんでもええ。何してほしい、篤臣。言うてくれ。それで納得して、俺とアメリカ来てくれへんか？」

「……あのなあ。さっきから聞いてりゃお前、調子よすぎねえか？」

篤臣は、びしっとひとさし指を、江南の鼻先に突きつけた。

「看護婦とちゃらちゃら遊んで俺を怒らせといて、今度は手のひら返して一緒にアメリカ来いってか」

「せやから、あれはお前の誤解やと言うたやろう。お前かて、一応は納得したやないか」

篤臣は、腕組みしてそっぽを向く。

「言葉だけじゃ信じられねえ」

「篤臣……。お前、本気でそれ言うてんのか。落ち着いて考えてみぃ。十年越しでやっと手に入れたお前を、なんで手放すようなアホなこと、せなあかんねん」

「それを訊《き》きたいのは、俺のほうだよ！」

いったん臍《へそ》を曲げると、篤臣は頑固だ。それがわかっているだけに、江南はとりあえず時間をおくことにした。

「篤臣……。とにかく、いっぺん俺のマンションに帰ってこいや。ゆっくり話したい」

真剣な顔でそう言われて、さすがの篤臣も、薄い唇をへの字に曲げ、肩を竦《すく》めた。

「いいぜ。今夜のことが終わったら、いったん戻る」

「今夜のこと？」

江南は眉をひそめた。篤臣は、気まずげに視線を逸らし、横を向いてボソリと言った。

「大西とさ、飲みに行く約束してんだ」

「なんやて!?」

江南は目を剝《む》いた。両手でぐいと篤臣の肩を摑む。

「おい。どういうことや、それは。なんでお前が、あいつと会わなあかんのや」

責めるような口調で問われて、篤臣は子供のように口を尖らせて答えた。

「こないだの件でさ。大西疑った罰だとか言われて。一杯奢《おご》る約束、させられたんだ」

「疑ったて……疑うもくそも」

「だって、あいつが言うとおりの『現場』見ちまったんだから、仕方ねえだろ？　酒飲むだけだ。そんなツラすんなよ」

元はと言えばお前のせいなんだからな、と言われて、江南はうっと言葉に詰まる。

「ま、そういうことだ。そろそろ俺、教室に戻るわ」

篤臣は、そう言って立ち上がった。江南もつられたように立ち上がる。

「篤臣……」

心配そうに見つめられて、篤臣はちょっといい気分になった。江南が自分の身を案じているのだとわかって、自分でも不思議なくらい上機嫌になってしまう。

篤臣は、ちょっと笑って江南の二の腕をパシンと叩いた。

「ホント、心配ねえって。明日、いったんお前のマンションに戻るから。話はそん時だ」

「……わかった」

江南は、いかにも仕方なくという様子で頷いた。

「じゃあな」

「ああ」

軽く手を挙げて遠ざかっていく篤臣の背中を、江南は見えなくなるまで見送った。

なぜか、嫌な予感がした。だが、江南は今夜当直である。どのみち、篤臣とゆっくり話ができる機会は、明日以降しかないのだ。

(仕方がない、か……)

まるで自分に言い聞かせるように心の中で呟き、江南も病棟に向かって、篤臣とは反対方向に歩き出したのだった……。

＊　＊

その夜、午後十時過ぎ。

「よう。待たせたか」

ねっとりした声が背後から聞こえるのと同時に、肩に手を置かれて、篤臣は思わずビクリと身体を震わせ、振り向いた。

予想どおり、そこには大西が立っていた。今日は、紫色のダブルスーツ。シャツは白で、ネクタイは黄色。趣味が悪いこと、この上ない。

大西が指定してきたのは、先日同窓会が開催されたホテルの、最上階のバーだった。

ピアノの生演奏が流れる店内は薄暗く、篤臣はその中でも比較的明るいカウンター席をわざと選んで座っていた。

「すまん。ちょっとオペが長引いてな」

そう言いながら、大西は肉厚の手で、篤臣の肩を揉《も》むようにした。嫌でも、手の甲にモジャモジャと生えた毛が、篤臣の視界に入ってしまう。触れられた部分から、身体が腐るのではないかと思うほどの嫌悪感がした。

だが篤臣は、平静を装い、身体のわずかな動きで、大西の手を振り払った。

それに気を悪くした様子もなく、大西は背後の椅子《いす》席を指して言った。

「せっかくだからな。いい席、予約しといたんだ。移ろうぜ」

「いや、俺は……」

ここでいい、と言おうとしたのだが、大西はボーイに合図して、さっさと歩き出す。篤臣も、仕方なく大西のあとに続いた。

店内にはかなり客が入っていたが、テーブルの間隔が広くて、あまり閉塞感《へいそくかん》はない。

大西が予約していたのは、窓際の席だった。しかも、二人掛けのソファーである。篤臣は、さすがに躊躇《ちゅうちょ》した。

「何突っ立ってる。さっさと座れよ、ほら」

先に座った大西は、ニヤニヤと笑いながら、自分の傍らをポンと叩いた。

「お客さま、どうぞ」

篤臣の気も知らず、ボーイがにこやかに席を勧める。篤臣は渋々、そしてできる限り大西から距離をおいて、腰を下ろした。

窓から見える夜景は最高だが、相手が最悪なだけに、楽しむ気にはなれない。それでも大西を見ているよりはマシなので、篤臣はわざとらしく視線を外に向けた。

「今日は、えらくめかしこんでるな。俺のためにか?」

だが、その間にも、大西は舐《な》めるように篤臣の全身を見ていたらしい。篤臣は思いきり嫌そうな顔で、大西を睨んだ。

「なんでお前のためにお洒落《しゃれ》しなきゃいけねえんだよ。ホテルっていうから、スーツくらい着なきゃいけないかと思っただけだ」

「つれないいな」

大西が手を伸ばしてこようとしたので、篤臣は半ば反射的に立ち上がった。

「そ、その、ちょっとトイレっ」

そのまま、バスルームに駆け込む。個室の鍵をかけ、扉にもたれて、篤臣は深い溜め息をついた。

「くっそー。……あの野郎。ベタベタ触ってくるんじゃねえよ」

大西の、毛むくじゃらの手。段々に肉が盛り上がったうなじ。そして、あの下卑た笑いを浮かべた、ニキビ痕《あと》だらけの顔。それらを思い出すと、ゾッと身震いしそうになった。

「いけないいな。こんなこっちゃ」

確かに、「約束」を果たすために大西の誘いに乗った篤臣だが、その本当の目的は、大西の魂胆を探ることにあった。

自分に「現場」を見せたのはなぜか。自分を何に利用しようとしているのか。それを、本人に直接訊《たず》ねてやろうと思っているのだ。

そのためには、こんなことで挫《くじ》けていてはいけない。よし、と自分に気合いを入れ、篤臣はトイレを出た。

「どうした？　腹でも下してんのか？」

戻ってきた篤臣に、大西はニヤニヤと笑いながら訊ねた。篤臣は、努めてさりげなく答えて、席に着く。

「いや、べつに。……あ。これ、俺の？」

テーブルの上には、何品かのつまみとともに、見慣れないカクテルが置かれていた。大西は水割りのグラスを手にしているから、どうやら、篤臣のためのものらしかった。

「ああ。お前、さっきカクテル飲んでたんだろ？　好きかどうか知らんが、とりあえず頼んどいた。このバーのオリジナルだ」

「……へえ」

ロンググラスに満たされているのは、不透明な白い液体で、底に行くにつれて、薄いブルーに着色されている。

「ま、とにかく乾杯しようか」

大西は上機嫌でグラスを掲げた。篤臣は、不満げに眉根を寄せる。

「何に乾杯すんだよ」

「俺は、賭《か》けの勝利に。お前は何にする？　江南の渡米を祝して、ってとこか」

「…………」

揶揄《やゆ》の言葉に、篤臣は怒りを胸に押し隠し、黙って大西のグラスに、自分のグラスを乱暴にぶつけた。そのまま、勢い任せにカクテルを呷る。

想像どおりの甘ったるい液体が、予想以上の熱を持って、喉《のど》を滑り落ちた。かなりアルコール度の高いカクテルであったらしい。

（やべ……。こりゃ、酔っぱらうな）

だが、後悔先に立たずである。せめて、酔う前に本来の目的を果たそうと、篤臣はグラスを置き、大西に訊ねた。

「あのな。訊きたいことがあるんだ」

「なんだ？」

面白そうに大西は肩を揺する。篤臣は、口ごもりながら問いを口にした。

「つまり、こないだのことだけど……。なんでお前、あんなとこ俺に見せたわけ？　っていうか、お前とあのバカ女、江南と俺に何するつもりなわけ？」

とりとめもない質問に、大西は目を見張り、やがてくっくっと背中を屈めて笑い出した。

篤臣の頬に、カッと朱の色が差す。

「何が可笑《おか》しいんだよッ」

「いや、どこから答えてやればいいかと思ってな」

「最初からだ！　答えによっては、ただじゃおかねえ」

篤臣の目には、決意の色が漲《みなぎ》っている。大西は、一口酒を飲み、ふんと鼻を鳴らした。

「最初から、な。まあ、俺がつねづね江南をよく思ってなかったことは、お前も誰かから聞いてるだろう?」

「ま、まあな。ライバルってやつ?」

「そんな綺麗《きれい》なもんじゃねえよ。あいつは顔もいいし頭もいいし、医者になってみりゃ、腕までよかった。俺とはえらい違いだよな。嫉《ねた》みたくもなるさ。そんな奴と二人きりの同期じゃ、俺はどうしたって貧乏くじだ」

「だ、だけどそれは、江南のせいじゃない」

「だとしても、俺がどんなに努力しても報われねえのは、結局江南がいるからだ。そうだろ? あいつさえいなけりゃ、俺の評価だって、今よりはマシだったはずだ」

ガチャン、と音を立てて、大西はグラスをテーブルに置いた。篤臣は、息を呑《の》む。

「あいつに聞いたろ、アメリカ留学の話」

「ああ」

「聞いたときは、腹が立ってな。なんであいつばっかりチャンスを与えられて、俺は冷遇されどおしなんだって。邪魔してやろうと思ったって、不思議じゃないだろ?」

「邪魔って……」

篤臣は、手持ち無沙汰なので、カクテルをちびちびと舐めながら訊ねた。酔いが回ってきたのか、少し頬が熱く、心臓がどきどきする。それを隠して、篤臣は平気なふうを装い、話を促した。

「で、何するつもりなんだよ」

「ん……もう、したって言ったほうが正しい。風の噂《うわさ》ってやつで、江南の奴が、お前と同棲《どうせい》してるって話を聞きつけてな。お前、こないだは否定したけど、本当なんだろ？　隠さなくていいって。お前の顔見りゃわかるぜ。江南のために必死って感じだもんな」

　口を開きかけた篤臣を制して、大西はやけに落ち着き払って言葉を継いだ。

「それで、あからさまに江南に気がある谷口ハルカに、俺はある策略を持ちかけた。江南を落とす手伝いをしてやろうってな」

「ど……どういうふうに？」

　頭がフラリとして、篤臣は咄嗟《とっさ》に片手でこめかみを押さえながら問いかけた。どうやら、予想外に早く、アルコールが体内に広がりつつあるらしい。

「俺は谷口に、江南とお前の関係を教えてやった。それでも谷口は、相手が男なら、自分がつけ入る隙《すき》があるはずだと言った。タフな女だぜ。お前、聞いたろ、谷口がかけた留守電のメッセージ」

「……ああ」

「あれをかけさせたのは俺だ。お前がそれを聞きゃ、江南のことを疑うだろうってな。そうしてお前たちの間にヒビを入れておけば、あとはお前に、江南と谷口がよろしくやってる現場を見せるだけでOK。それでお前は江南を見限るだろうし、谷口は教授に、江南に仮眠室に連れ込まれたと告げ口ができる。目撃証人が俺って寸法だ」

　そこまで得意げにまくしたてた大西は、分厚い唇を歪めて笑い、篤臣を見た。

「うちの教授は職場恋愛が嫌いでな。特に医者と看護婦って組み合わせが最悪なんだ。谷口が教授に泣きつけば、江南のアメリカ行きは即取り消し、責任を取って谷口と結婚後、関連病院へ左遷、ってのが、俺の計画だった。谷口は、お前が江南と切れて自分が奴と結婚できりゃ、あとは関連病院だろうがどこだろうが、働いて稼いでくれればかまわないって言ったしな」

「考えることがいちいち汚えんだよ！」

篤臣は、怒りに両の拳を握りしめ、食いしばった歯の間から声を絞り出した。

「まあな。才能のない奴は、汚いことでもしなけりゃやってけないんだぜ、臨床じゃ。お前みたく、呑気《のんき》な世界に生きてないんだ」

「馬鹿にすんな！　基礎にだって基礎の苦労が……」

カッとして立ち上がろうとした篤臣は、グラリとよろめいた。大西は、篤臣の手首を引き、自分のほうへ引き寄せる。

「おいおい、しっかりしろよ。この程度の酒で酔ったのか？　ザマぁねえな」

「ち……違わあ。離せよ」

篤臣は、慌てて体勢を立て直し、大西の手を振り払った。しかし、さっきから異様に頭がクラクラする。あるいは、飲み慣れない酒が、身体に合わなかったのかもしれないと思いつつ、篤臣は荒い息を吐いた。

「け……けど、江南の奴、アメリカ行くんだろ？　どうして邪魔しなかったんだよ」

「したさ。お前、そのへんのことは聞いてないのか?」

江南とろくに話していないので、聞いていない……と答えるのが癪で、篤臣はそっぽを向き、ソファーに深くもたれた。そうして、加速度的にふらつく身体をなんとか支える。

大西は、篤臣のそんな変化に気づいているのかいないのか、笑いながら言った。

「谷口は、昨日教授に告げ口した。で、教授は俺を呼びつけて裏を取った。江南が今日の昼過ぎ、教授に呼ばれたのを見て、俺は喜んだね。これで奴も終わりだって。で、奴が出てきてから、どうなったかを聞こうと思って、教授室に入った」

「……で、どうなったんだよ?」

大西は、不愉快そうに顔を歪めた。

「教授は、『あれはどうも、谷口のひとり芝居らしいね』と言った。俺はもう一度主張した。あいつらが仮眠室でよろしくやってる現場を、確かに見たんだってな。だが、教授は笑い飛ばした。それは谷口が勝手に夜ばいをかけただけで、江南に責任はないと」

「……そ、そっか」

篤臣はホッと胸を撫で下ろした。教授が江南のことを信用しているのだと思うと、嬉しくさえあった。

だが、大西の次の台詞が、そんな篤臣の安らいだ気分を吹っ飛ばした。

「あいつも思いきったことをしやがるぜ。どうして教授が、奴の言葉をそこまで信じたと思う?」

「え……？　何かあったのか？」

「江南の奴、教授にカミングアウトしやがったんだとさ。自分には、心から愛している人物がいて、それは男だと」

「ええっ⁉」

篤臣は、仰天して思わず大声をあげた。周囲の注目が、一斉に彼らに集まる。篤臣は、慌てて肩を窄《すぼ》め、小声で訊ねた。

「まさか……俺のこと……？」

「お前の名前は出さなかったらしい。よほど、お前のこと大事にしてんだな、あいつ。その態度があまりに真剣だったから、江南を信じることにしたと教授は言ってた。……まさか、上司がホモに理解があるとはなあ。計算外だったぜ。教授殿も、もしかするとそのケがあるのかもな」

そんな悪態はもう、篤臣の耳には入らなかった。

(教授に告白……。あいつ、夕方俺に会う前に、そんなことをしてきてたんだ……)

――お前が、俺のために払う犠牲と同じだけ……同じだけやとお前が思えるだけのことを、なんでもする。

そんな江南の言葉が、脳裏に甦った。そして、その言葉の本当の意味が、重みが、ようやく篤臣にも理解できた。

告白を聞いた上司が、もし同性愛に理解を示さなければ、その時点で江南は自ら将来に幕を引くことになっていただろう。

それなのに、篤臣とのことに筋を通すため、そして自らの潔白を示すため、江南は大きな、あまりにも大きな賭けに出たのだ。

(そして、あいつは、賭けに勝ったんだ)

篤臣の身体じゅうに、安堵が広がった。思わず、溜め息が漏れる。

忌々しげに舌打ちした大西は、しかし意味深な笑みを浮かべて、そんな篤臣を見た。

「で？　質問はそこまででいいのか？」

「……え？」

篤臣は、グッタリと背もたれに身を預け、曖昧《あいまい》に首を傾《かし》げた。安心したせいか、酔いはますます彼から身体の自由を奪いつつあったのだ。頭の芯《しん》まで、ぼんやりと霞《かすみ》がかかり始めているような気がした。

「俺が今夜、お前を喜ばせるために、ここに呼んだとでも思ってんのか？　お前にあの現場を見せて、お前をキレさせたのは、谷口のためだけだとでも思ってんのか？」

「……なん……だって……？」

そろり、と篤臣の太腿《ふともも》を、大西の手が撫でる。それを払いのけようとした篤臣の手は、しかしまったく見当違いの場所を掠《かす》った。

視覚がおかしくなっている。しっかりと大西を睨もうとしても、焦点が結べず、視界が揺れる。アルコールの酔いにしては異常すぎると思い当たり、篤臣はハッとした。

「お前……な、何か酒に……」

「ああ、入れたぜ。悪い薬じゃない。ちょっとフワフワして気持ちがよくなるだけだ」

「……くそ、なんで……そんなこと」

もつれた舌で、篤臣は必死に喋《しゃべ》る。それを楽しげに見遣り、篤臣の内股に手を這《は》わせつつ、大西は言った。

「学生時代から、お前には目をつけてたんだ。江南を罠《わな》に嵌《は》めるついでに、あいつがいちばん大事にしてるものを……お前を、滅茶苦茶にしてやろうと思ってた。趣味と実益ってやつだ。……計画が失敗した今、せめてお前だけでもヤッちまおうと思ってな」

「……馬鹿言うな……、誰が、お前なんかに……。か、帰る！」

触られているところから、強烈な悪寒が走る。篤臣は力を振り絞り、立ち上がった。なんとか、店の出口まで辿《たど》り着こうと足を踏み出す。

しかし、身体は意志に反して、グラグラと揺らいだ。店内の景色が、大きく渦巻く。

「……あ……」

足が床についた途端、膝《ひざ》がかくりと砕けた。次の瞬間、篤臣は床に倒れ込み、頬を絨毯《じゅうたん》に擦りつけていた。

「お客さまっ？」

ボーイが駆け寄ってくる。篤臣は、「タクシーを呼んでくれ」と言おうとして、しかし激しい眩暈《めまい》に、何も言うことができなかった。目をつぶっても、脳がワンワンと拍動している感じだ。意識が、急速に遠くなった。

「ああ、すいません。こいつ、ちょっと悪酔いしたみたいで。連れて帰ります」

そんな大西の声を、どこか遠いところで聞きながら、篤臣は気を失った……。


「……う……ん」

ぬめった生温いものを頬に押しつけられ、篤臣は意識を取り戻した。目を開いた途端に眩暈がして、うっと呻《うめ》く。

「やっとお目覚めか？　ちょっと薬の量が多すぎたかもな」

「……！」

大西が、横たわった自分の腹に馬乗りになり、頬をねっとりと舐めていた。それに気づいた瞬間、篤臣は大西の巨体をはねのけようとする。だが、手足にはまったく力が入らず、重い大西の身体にがっしりと固定されて、身動きできなかった。

篤臣は、視線を周囲に走らせた。どうやら、ホテルの一室らしい。意識を失ったあと、大西にここへ連れてこられたのだろう。

室内に他の人物はおらず、篤臣はジャケットを脱がされた状態で、ダブルベッドに寝かされている。

「……は……なせっ！」

「観念しろよ。一晩で勘弁してやるから」

キスしようと近づいてくる厚い唇から、篤臣は必死で首を振って逃げる。すると、大西は大きな手で篤臣の細い顎《あご》を摑み、無理やり口をこじ開けようとした。

「やだ……ッ!」

口の中に差し入れられた大西の親指に、篤臣は思いきり嚙みついた。

「ッッ! ……この野郎!」

バシッと思いきり頰を殴られ、篤臣は掠れた悲鳴をあげる。大西は、血の滲《にじ》んだ親指を舐め、残忍な笑みをそのゴツゴツした顔に浮かべたまま、二度、三度と篤臣の顔を殴打した。

「く……うう っ」

篤臣は、歯を食いしばって耐える。

「江南でも呼んでみちゃどうだ? 今頃、何も知らずにお仕事中だろうがな」

「……は……なせ、よッ」

「嫌だな。だいたい、今日はお前の奢りのはずだろ? 勝手にぶっ倒れて、支払いを逃げた罰だ。諦《あきら》めろ」

勝手な論理を展開しつつ、大西は篤臣のネクタイをほどき始めた。

「やだ、やめ……!」

篤臣は、必死で脱力した手を持ち上げ、大西を突き飛ばそうとした。が、とてもかなわず、また殴られる。口の中に、金くさい血の味が広がった。唇からこぼれた鮮血が、白いシーツに染みる。

「抵抗されたほうが、俺は面白い。けど、おとなしくしてねえと、その綺麗な顔がボコボコになっちまうぜ」

「う……」

シュルッとネクタイが引き抜かれ、ワイシャツのボタンに手がかかる。酒臭《くさ》い息が、耳元で囁《ささや》いた。

「学生の頃から……いっぺんお前のこと、こうしてみたかった。色っぽい顔で誘いやがって」

「誘って……なんか……んっ」

首筋を噛まれて、ゾッとした。快楽など、欠片《かけら》も感じない。篤臣は、みぞおちからこみ上げてきたものを抑えることができず、横を向いて少し吐いた。それでも、吐き気は少しも治まらなかった。

「おいおい。ゲロ吐きながらセックスか？　色気がねえな」

苦笑いしながら、大西は短気らしく、篤臣のシャツの前を、力任せに開いた。まだ留まったままのボタンが、すべてちぎれ飛ぶ。

ごつい手が、篤臣の白い胸を這い回った。篤臣は歯を食いしばり、なんとかして大西の身体の下から逃れようとした。

……と。ノックの音とともに、男の声が聞こえた。

『お客さま。大西さま、病院のほうから、ＦＡＸが届いておりますが』

「……いいところで邪魔しやがって」

大西は舌打ちして、篤臣の身体から離れ、ベッドを降りた。どうせ邪魔する者はいないという安心感からか、無造作にドアを開ける。篤臣は、ベッドにようやく身を起こし、それをぼんやりと見ていた。

扉が開き、大西がゲッとカエルがつぶれたような声をあげる。

次の瞬間、派手な音を立て、大西の巨体は床に転がっていた。

「篤臣ッ！」

聞き慣れた……あまりに待ち焦がれた声が聞こえ、篤臣はまだ自由の利かない身体を動かし、声の主のもとへ行こうとした。

「え……えな……ああっ！」

だが、手足がもつれ、篤臣はベッドから転げ落ちてしまう。おかげで床にひっくり返った大西に近くなってしまい、慌てて尻餅《しりもち》をついたまま、壁まで後ずさった。

「……お前、篤臣に何したんや」

押し殺した声とともにズカズカと部屋に入ってきたのは、江南だった。大西は、殴られた右頬を手で押さえ、呆然と江南を見上げている。……と、その口に、歪んだ笑みが浮かんだ。

「よくわかったな、ここが」

「谷口がホテルの名前を教えてくれた。部屋は、フロントで聞いたらすぐわかる」

「なるほど。あの女も、惚れた男にゃ弱いってことか」

大西は、よろめきながら立ち上がった。江南と、床にぺたりと座り込み、グッタリしている篤臣とを見比べ、気障《きざ》に笑う。

「惜しいとこだったな。お前の邪魔をしそこねたから、せめてこいつだけでもヤッちまおうと思ってたのによ」

「……大西……お前……」

怒りを露《あら》わに声を震わせる江南に、大西は芝居がかった仕草で肩を竦めてみせ、ジャケットを取り上げた。

「連れて帰れよ。飲ませたのは、たいした薬じゃない。しばらくすりゃ、元に戻る」

「…………」

無言で立ち尽くす江南に、大西はどこか憑《つ》き物が落ちたような顔つきで言った。

「アメリカでもどこでも、行っちまえ。ただし、帰ってきたとき、今と同じ待遇だとは思うなよ。お前が向こうに行ってる間に、俺は成り上がってみせるからな」

江南は、鋭い切れ長の目で大西を睨《ね》めつけ、言い放った。

「捨て台詞はええから、早う去《い》ね。そうやないと、俺はお前をぶっ殺す」

「フン。こんなときでも、かっこいいもんだな。ま、せいぜい仲よくやるこった」

大西は、後ろ手を振り、大股に部屋を出ていった。扉の閉まる音に、篤臣が大きく身体を震わせる。

「篤臣？」

江南は、床にへたり込んでいる篤臣の前にしゃがみ、両手を篤臣の頬に当てて、その顔を覗き込んだ。

「大丈夫か、篤臣？　血ぃ、出てるやないか。殴られたんか」

江南の骨張った指が、篤臣の唇に滲んだ血を、優しく拭《ぬぐ》った。篤臣はピクンと頬を痙攣《けいれん》させ、どこかぼんやりした瞳《ひとみ》で江南を見た。

「え……な、み？」

「俺や。お前、何か……されたんか、あのクソ野郎に」

江南は、半ば脱がされ、肩から滑り落ちている篤臣のシャツの前をかき合わせてやりながら、忙《せわ》しない口調で問いかけた。

篤臣は、まだ夢を見ているような緩慢な動作で、ゆるゆると首を横に振る。

「……なんで、お前が、ここに？」

「お前こそ、なんでこんなとこに連れ込まれてるんや！」

「ん……なんか、バーで飲んでて……一杯だけなのに、すげえ酔って、目が回って、気が遠くなって。気がついたら、ここに……」

さっきまでのことを思い出したのか、篤臣は不意に両手で自分の身体を抱き、ブルッと全身を大きく震わせた。

「なんか……。身体がいうこときかねえんだ。で、あいつが俺のこと……。あいつの手、お前と違って……優しくなくて」

「どうせ、酒に薬入れられたんやろ。安っぽい手に引っかかるなや、まったく」

篤臣は、頼りない手つきで、江南の肩から腕を探り、シャツの上から弱々しく握った。

「お前に触られるのは、いつも気持ちいいけど、こいつはやだって思ったら、吐いちまった。苦しくて、気持ち悪くて、怖くて……そんでお前のこと呼んだら、お前がいた」

「アホ。いたんやのうて、来たんや」

「……ん……」

篤臣は片手で痛む頭を押さえ、まだ苦しげな呼吸をしながら、必死で江南の顔に焦点を合わせようとした。

江南の顔は真っ青で、両目は血走っていた。髪もぐしゃぐしゃに乱れ、そして何より、白衣のままだ。滑稽なほど悲壮な顔をした彼は、篤臣よりずっと取り乱して見えた。

篤臣は、吐き気を堪《こら》え、自分の顔をまさぐる江南の手に、そっと自分の手を重ねた。

「ど……して、俺がここにいるって……？」

「谷口がな。俺がお前に本気やってことがわかったらしくて、教えてくれたんや。大西がお前を連れてった先を」

「……そっか……」

どうやら篤臣は、江南の言うことが半分くらいしか理解できないらしく、つらそうに目を閉じた。ほっそりした顎が、大西に殴られたせいで赤黒く腫《は》れ、熱を持っている。

「痛いんか？」

「ん……だいじょぶ」

篤臣はそう言ったが、今は薬のせいで痛覚が鈍磨しているだけで、いずれもっと腫れて痛むようになることは明らかだった。

(大西の奴、よくも篤臣を……)

江南は、怒りにはらわたが煮えくり返りそうだった。できることなら、篤臣が殴られた分の百倍、大西を殴り飛ばしてやりたい。だが今は、篤臣を連れて帰り、手当てしてやることが先決だと、彼は思い留《とど》まった。

江南は、着ていた白衣を脱ぎ、ボタンが飛んでしまった篤臣のシャツの上から着せかけてやった。

「立てるか? 俺に摑まって、ゆっくりでええから。……そうや。そのまま立っとれ」

そう言って、よろめく篤臣をなんとか立たせ、壁に寄りかからせておいて、江南は篤臣に背中を向けてしゃがんだ。

「ほら、おぶされ」

「……いいよ……。歩ける……」

「真っすぐ立たれへん奴が、何言うてんねん。さっさと来い」

「は……恥ずかしいだろ……っ」

「アホ。誰も見てへん。はよせえ」

篤臣は、口の中で何やらごにょごにょ言いつつも、素直に江南におぶさった。

「よいしょっと……。お前、意外に重いな」

そんなことを言いながら、江南は篤臣を背負って、部屋を出た。ホテルを出てからは、表通りを避け、暗い脇道を選んで歩く。

江南は、タクシーを拾って早く帰ろうとしたが、篤臣が、このまま背負って連れ帰ってほしいと言ったのだ。

「寒うないか？　気分悪うないな？」

「うん。だいじょぶ。……江南は？」

江南の首に両腕を絡め、篤臣は少し舌足らずな口調で答えた。

「お前が背中に張りついとるから、寒うない。……なあ、篤臣」

「んー？」

「俺、焦りすぎとったな」

背中を震わせる江南の声を、篤臣は、半ば夢心地で聞いていた。

「お前に無理させて、身体だけ一緒にアメリカ連れてっても、アカンやんな。……心がそれで離れてしもたら、元も子もない」

「……ん……」

篤臣の返事は頼りないものだったが、江南はかまわず喋り続けた。

「ひとりでアメリカに行って、その間にお前の心が俺から離れてしもたら……そう思たら、怖くてたまらんかった。せやから、ムキになってお前を連れていこうとしてた」

篤臣がいつものように容赦ないツッコミを入れてこない分、話しやすいのだろう。江南は、淡々と言葉を継いだ。

「俺の気持ちは、お前とどんなに離れとっても変わらん。お前の心を縛ることはできへんけど、それだけは覚えてくれ。……もし、お前が俺が帰ってくるまで、俺のマンションで待っててくれたら……篤臣」

「……う……ん」

聞いているのかいないのか、篤臣は小さな声を立てる。江南はフッと笑って、篤臣の力の抜けた身体を揺すり上げた。

「おい、聞いとるんか、お前」

「ん……聞いてる……」

ぎゅ、と篤臣は江南の首を抱き、江南の冷たい頰に、自分の熱っぽい頰を押しつけた。

「お前のこと待ってりゃいいんだろ？　待ってる……だから……」

言葉が途切れる。江南は、じっとその続きを待った。

だが。

聞こえてきたのは、安らかな寝息。

「寝てしもたんか」

江南は苦笑いして、しかしどこかホッとしたように嘆息した。

「待っててくれる……そう言うてくれただけで十分や。……ありがとうな、篤臣」

江南はふと足を止め、篤臣の腕で拘束されて不自由な首をねじ曲げ、夜空を見上げた。灰色の雲に隠されて、星は見えない。だが江南には、厚い雲を通して、夜空に輝く星が見えるような気がした。

「そういうことなんやな。今は見えんかっても、雲の上に星があることがわかってるように……」

江南は、ぽつりと呟いた。

「お前の顔が見られんようになっても、お前がここで元気に暮らしとると信じられる。……それでええ」

自分に言い聞かせるように、江南は言った。そして、安らかに眠る篤臣を起こさないよう、静かな足取りで、再び歩き出した。

一時間近くかけてやっと帰宅すると、江南はすぐに浴槽に湯を溜め始めた。

そして、台所で飲み物を作ってから、寝室のベッドに下ろした篤臣のもとに引き返した。

帰宅するまでずっと眠っていた篤臣は、目を覚まし、起き上がっていた。

「篤臣。目ぇ、覚めたんか。気分どうや？」

「うん。……ゴメン、俺、寝ちまってたんだな。おかげで、ちょっとスッキリした」

篤臣は、さっきよりはずいぶんしっかりした、しかしその分ひどく怯《おび》えた表情で、ベッドの端に腰かけていた。

江南はその隣に座り、持ってきたマグカップを、篤臣の手に握らせた。

「子供みたいやけど、これがいちばん落ち着くやろと思うて」

「……サンキュ」

篤臣は、湯気を立てているマグカップで冷えた両手を暖めながら、一口こくんと飲んだ。蜂蜜《はちみつ》の入った甘いホットミルクが、優しく喉を滑っていく。頭にかかった靄《もや》は徐々に晴れ、身体は動くようになっていたが、その代わりに、軽い頭痛がする。

「旨《うま》い」

篤臣がポツリとそう言うと、江南は優しく「そうか。そらよかったな」と言った。

「風呂《ふろ》、すぐ溜まるから。身体、冷えたやろ。よう温まってから寝たほうがええ」

そう言って肩を抱く江南の手の温かさに、篤臣は思わず安堵の息を吐いた。

「どないした？」

もたれかかってきた篤臣の額に唇を押し当て、江南は穏やかに問いかけた。篤臣はカップをテーブルに置き、ポツリと答える。

「なんか、すげえ安心した。やっぱ、お前がいいや」

「アホ。あいつと比べて言われても、嬉しないぞ」

「違わあ。ハッキリわかったんだよ。他の誰でもダメだ。お前じゃなきゃ嫌だって」

そんな言葉とともに、篤臣の腕が、ギュッと江南の胸を抱く。

「篤臣……」

「あんとき、頭がぼんやりして、手足が全然思うように動かなくて……でも、あいつが触ったとき、ホントに気持ち悪かったんだ。お前に無理やりやられたときより、もっともっと怖かった。嫌だった。……あれ以上のことされたら、マジで……吐くどころじゃなくて、死ぬって思った」

江南の存在を確かめるように、その広い肩に額を押しつけて、篤臣は打ち明けた。江南のシャツからは、消毒薬の匂いがした。

「もっと、はよ行ったらよかったな。……ごめんな、篤臣」

江南の力強い左腕が、篤臣の背中をしっかりと抱いた。そして、右手は、乱れた髪を梳《す》くように撫でる。

「……な、江南」

篤臣は、震える声で呼びかけた。

「なんや?」

宥めるように、低い声が答える。篤臣は、ギュッと目を閉じ、消えそうな声で囁いた。

「お前と……お前と、したい」

頭を撫でていた江南の手が、ぴたりと止まる。初めて篤臣が口にしたストレートな誘いの言葉に、江南はひどく驚いたようだった。

しばらくの沈黙の後、殴られた部分に触れないよう、江南の手が注意深く、篤臣の顎を持ち上げた。

「篤臣。こっち向け」

篤臣は、こわごわ目を開く。鼻先が触れ合うほどの近さで、江南の切れ長の目が、悲しいほど真剣に篤臣を見つめていた。

「悪かった。俺が悪かった、篤臣」

江南は、今にも泣きそうな不思議な顔つきで囁いた。

「え?」

篤臣は、突然の謝罪に目を見張る。

「お前を苦しくさせたんも、怒らせたんも、泣かせたんも、全部俺や。自分のことばっかしで余裕がなくて、お前のこと傷つけた。……お前は、いつも俺のこと考えてくれとったのにな」

「いいんだ。……俺も、お前のこと疑った。みっともねえヤキモチも焼いた」

「せやけど、それは俺が好きやからやろ? 今度のことで、さらに惚れ直したんと違うか。姫を救出に駆けつけた、白衣の騎士やからな、俺」

「ばーか、言ってろ。このナルシスト野郎」

いつもの軽口を叩く江南につられて、篤臣も小さく吹き出してしまう。二人は、額をくっつけて、笑った。

江南は篤臣を抱きしめたまま、ゆっくりとベッドに倒れ込む。篤臣は、江南の首に両腕を絡め、自分から江南に唇を寄せた。

互いの存在を確かめ合い、気持ちを高め合うための、ついばむようなキスを重ねる。

「篤臣……」

「……ん……」

甘い囁きの後、さて、もっと深い口づけを……と思った瞬間、江南の目が点になった。

「あつお……ブッ！　何すんねんお前！」

篤臣がいきなり、片手の指を大きく広げ、江南の顔面を力いっぱいに押したのである。

「お前……まさか、自分から誘っといて、今さら嫌やとか言うん違うやろな！」

「そうじゃねえ、風呂だ、風呂！」

篤臣は身を起こし、扉のほうを指さした。

「お前、さっき風呂溜めてるって言ったろ？　とっととお湯止めてこい。もったいないじゃねえか！」

「……お前は、なんでまたこういうときに、そういう知恵が回るんやろな……」

「いいから、行けって！」

ほとんど主婦の顔で篤臣は促す。仕方なく、江南はノソノソとベッドから降り、バスルームへと向かったのだった。

「おい、風呂の湯止めたで」

普段の落ち着き払った動作からは想像もつかない勢いで寝室に戻ってきた江南に、篤臣は鼻の下まで毛布に埋もれて訊ねた。

「蓋《ふた》もしてきたか？」

「したした！　お前、ホンマお母《か》んみたいやな。……ほう」

苦笑交じりにそう言って、自分もベッドに入ろうと毛布をめくった江南は、短い口笛を吹いた。

「絶景、やな」

江南がバスルームに行っているあいだに、篤臣は、着ていた服をすべて脱いでしまっていたのだ。

しげしげと裸体を見られ、篤臣は顔を真っ赤にして毛布を引き寄せた。

「何見てんだよッ！　お前もとっとと脱げ」

「いや、お前が積極的なんもええなと思て」

「うるせえ、もう知らねえからな！」

篤臣は、毛布をひっ被って、江南に背中を向けてしまう。江南は笑いながら、しかし素早く服を脱ぎ捨て、自分も全裸になった。

「なんや……初めてみたいに照れくさいな」

そんなことを言いながら、江南はベッドに潜り込み、篤臣を背後から抱いた。

「ばーか。最初んときは、こんなに平和じゃなかったぞ」

拗《す》ねた口調で、ツケツケと篤臣が言う。江南は喉声で笑い、篤臣の白いうなじに口づけた。

「それもそうや。お前、ゲロまみれの血だらけやったしな」

「誰のせいだと思ってんだよッ！」

あけすけにあの夜の惨状を口にされ、怒った篤臣は江南を殴ろうと身体の向きを変えた。と、実にタイミングよく、江南に強く抱き竦められる。

「は、離せよ。俺はなあ、お前なんか……」

「俺は愛してる」

「はあ？」

いきなりの宣言に、篤臣は江南の腕に強く抱きしめられたまま、間抜けな声をあげてしまった。しかしそんなことにはおかまいなしに、江南はこう続けた。

「もうすぐ、しばらく会えんようになるけど、覚えといてほしいんや。……俺が、お前のことホンマに好きやて。その、お前が俺をどう思ってるかは知らんけど……」

「お前は、本当に、ほんっとーに、どうしようもねえバカだな」

篤臣は、両手にギュッと力をこめて、江南の胸を少し押し返した。そして、怒りではなく羞恥《しゅうち》にほっそりした顔を赤らめ、ぶっきらぼうに言った。

「いいか。お前こそ覚えとけ。いっぺんしか言わないぞ。……俺には、お前だけだ。俺は器用じゃねえから、何人もいっぺんにかまえない。だから今は、お前しか見てねえ」

「篤臣……」

「お前でいっぱいいっぱいだよ、俺」

江南の大きな手が、ゆっくりと篤臣の火照《ほて》った頬を包む。やがて重ねられた唇を、篤臣はもう拒みはしなかった。

「うんっ……ん……」

のしかかってきた江南の背中に両腕を回し、手のひらで探る。その筋肉の硬さや肌の温もりに自分がどれだけ飢えていたかを、篤臣は思い知らされた。

江南の弾力のある唇が、篤臣の薄い唇を貪《むさぼ》る。微《かす》かな痛みすら覚える激しいキスに応《こた》えて、篤臣も必死で舌を絡めた。

息苦しくて、でももっと深く、もっと強く感じたくて。二人は飽くことなく、幾度も角度を変えて互いを味わった。

「ん……えなみ……」

篤臣は、離れていく唇を惜しむように江南を呼んだ。江南の鋭い目が、ふっと和む。

「こういうときのお前の顔て……何べん見ても、ゾクゾクすんな……」

その言葉が嘘《うそ》でない証拠に、触れ合った胸から伝わる江南の鼓動は、まるで全力疾走したあとのように速い。

篤臣は、落ちかかる江南の髪を両手でかき上げ、その精悍《せいかん》な顔をじっと見上げた。

「お前……なんか、カエル食う前の蛇みてえな顔してる」

「なんだそりゃ。……ほな、お前はカエルか」

くっと笑って、江南は篤臣の首に歯を立てた。それだけで篤臣は、小さな声をあげて身を捩《よじ》らせる。江南は、首筋から耳へと舐め上げ、青黒く腫れ上がった頬にキスした。

「えらい今日は感じやすいんやな、お前」

篤臣は、顔を赤く染めて江南をキッと睨む。だがその目元には、妖《あや》しいまでの艶《つや》があった。

「バカっ……そういうお前はどうなんだよ」

「ん……まあ、口で言うほど余裕ないって感じか。坊さんみたいな生活しとったからな」

正直なコメントを口にして、江南は篤臣の胸に手を這わせた。探り当てた小さな突起は、指の腹できつく擦ると、たちまち硬く尖ってくる。

「……ふぅっ……」

「我慢すんなて。俺しか聞いてへん」

口を押さえて声を殺そうとする篤臣の手を無理やりどかせた江南は、胸をいじっていた手をさらに下へと滑らせ、ニヤッとした。

「もう……ここ、硬いな」

「う、うるせっ。いちいち言うなよ……ッ」

半ば勃ち上がった篤臣自身に、江南の指が蔦《つた》のように絡みつく。

「俺と会うてへんとき、自分でヤッたか？」

「……んな……ことっ」

「してないて、こいつが言うてるな」

江南は篤臣自身をやわやわと扱《しご》き上げた。それだけの刺激で、そこは透明な涙をこぼす。

「いちいち……言うな……ってェ」

睨みつけてくる篤臣の目尻に、江南は軽くキスを落とした。

「せやけど、そういうところがお前はカワイイ」

「でけえ男摑まえて、カワイイとか言う……んっ……や、そこ……」

前を嬲《なぶ》る手はそのままに、江南のもう一方の手が、篤臣の脊椎《せきつい》を撫で下ろし、その下へと差し入れられる。狭い入り口を指先でつつくように撫でながら、江南は告白した。

「俺は、お前のこと考えながら、した」

言葉とともに、くっと指先が狭い腔内《こうない》に差し入れられる。

「んっ……！」

ピリッとした痛みに、篤臣は息を詰めた。

「けど、イケんかった。……お前のここやないと、駄目なんや」

「ば……か、ぁっ」

軽い痛みと羞恥に、篤臣の瞳が潤む。江南は指を引き抜くと、枕元のサイドテーブルの引き出しを開けた。ゴソゴソと、手探りで何かを摑み出す。

「何もなしやったら、痛いやろ。ついでに」

江南の手の中にある物がローションとコンドームであることに気づき、篤臣は恥ずかしそうに言った。

「お前、いつも俺にもつけてくれるけどさ」

「うん?」

「なんで? 俺にはべつに……。それとも、直接触ったら、きたな……」

「アホ。そうと違う。お前は、次から次へとしょーもない心配する奴やな」

江南は笑いながら、そっと篤臣自身に触れた。その形を確かめるように一度柔らかく握り込んでから、巧みな手つきで、コンドームを被せる。その刺激に、篤臣は涼しげな顔をちょっと歪めた。

「じゃ……どうして……」

「一つには、シーツや」

江南は、篤臣の首筋にキスして言った。

「お前、シーツ汚したら、すぐ取り替えるって大騒ぎするやろ。……終わったあと、ちょっとは余韻に浸ってたいのに」

「そ、そりゃだって、マットレスまで染みになったら嫌だから……って、ん、んんっ」

篤臣は、ゆるゆると動く江南の手に自身を弄《もてあそ》ばれ、ほっそりした身体を捩る。江南は、そんな篤臣の嬌態《きょうたい》に目を眇《すが》めた。精悍なその顔に、ギラリとした野性の欲望が覗く。

「もう一つの理由は……」

そう言いながら、江南がすっと動いた。重なっていた胸が離れ、冷や冷やする素肌に篤臣が身を震わせたそのとき、異様な感覚が下腹部で弾けた。江南が篤臣自身の先端に、チロリと舌を這わせたのだ。

「！」

ハッと顔を上げた篤臣は、反射的に足を閉じようとする。だが、圧倒的な力で腿を押し広げられ、足の付け根に走る痛みに呻いた。

「痛……や、やめろ、江南っ。痛いって」

江南はそんな篤臣の苦痛の表情に、獣の喜悦を感じつつ、片手で根元を押さえたそれを、深く口に含んだ。

「はっ！　あ……え、えなみ、んなことッ」

「たまには、口でしたりたいからな。……医者同士やのに、つまらん感染はしたくないやろ。できる予防策は、やったほうがええ」

「ん……ふっ」

江南は、篤臣の先端を口に含んだままで喋った。微妙な唇や舌の動きに翻弄《ほんろう》され、篤臣はどうしようもなく、追い上げられていく。

「お前……ん、そんな、かっこ……でッ、常識語るなよ……うん、あ、あぁ」

怒声をあげようとすると、窄めた唇で強く扱かれ、甘く喘《あえ》がされてしまう。行き場をなくした篤臣の両手は、無意識に江南の髪をかき乱した。

「ん……やだって……江南、離し……ん、ああっ、や、いきそ……」

「いっぺんイッとけ。……そのほうが、お前楽やろ」

そう言って、江南は、篤臣の根元を強く手で擦り上げ、先端に歯を立てた。

「は、ああッ！」

鋭い痛みが、膨れ上がった篤臣の欲望の、最後の引き金を引く。篤臣は、しなやかに胸を反らせ、熱い迸《ほとばし》りを放った。

グッタリとベッドに沈み、荒い息を吐く篤臣に、江南は再び覆い被さった。汗ばんだ額に、音を立ててキスする。

「……ちくしょ……」

篤臣は、息を弾ませながら悪態をつく。江南は、篤臣の額から頬に流れた汗を、ペロリと舌先で舐めた。

「お前のイクときの顔、最高やな……。滅茶苦茶そそられた」

「……バカ」

篤臣は、気怠《けだる》げに言いながら、片手で江南の腰から下腹部をそっと探った。江南の言葉が嘘でないことを証明するかのように、硬くそそり立ったものが、指に触れる。まだコンドームをつけていない江南自身は、驚くほど熱かった。篤臣は、ちょっと笑って囁いた。

「な……お前のには、俺が被せてやろうか」

「アホ。お前にそんなんされたら、それだけでイッてしまいそうや、俺」

「イけばいいだろ？　お前だって……」

「嫌や。……お前の中で、イキたい」

熱っぽい声で囁き、江南は篤臣の手を優しく払いのけた。

「……ええか？」

耳たぶを甘く嚙みながら、そして再び胸元を繊細な指先でいじりながら問われて、篤臣は目を閉じ、こくりと頷いた。

腰の下に枕を差し入れられ、両足を高く持ち上げられる。江南に何もかもを見られているかと思うと、恥ずかしくてとても目を開けていられなかった。

やがて、ローションを絡めた江南の指が、篤臣の後腔に押し入ってきた。

「つっ……ん！」

「痛いか？ 久しぶりやしな……」

「……くない……」

詰めた息をゆっくり吐き、なんとか身体の緊張をほぐそうとしながら、篤臣は言った。

「ゆっくり慣らすから」

江南はそう言ったが、篤臣は瞼《まぶた》に皺《しわ》が寄るほど固く目を閉じたままかぶりを振った。

「早くしろって……は、恥ずかしい……から……あ、そこ……や……」

何度もローションを足しながら、江南の骨張った指が、一本、二本と数を増やしつつ、篤臣の中を、浅く、深く探る。ざらりとした指の腹がある一点を掠めるたびに、篤臣はビクビクと身を震わせ、歯を食いしばって嬌声を堪えた。しかし、抑えきれない声が、切れ切れに漏れてしまう。

「んっ……、江南、えな……み、も、いい……からっ」

まるでもっと確かな楔《くさび》を求めるように、自分の中がザワザワと蠕動《ぜんどう》するのがわかり、篤臣は羞恥で死んでしまいたくなる。

江南にすがりつき、篤臣は必死で訴えた。

「も……助けて……」

「篤臣……」

欲望に掠れた声で篤臣を呼びながら、江南は篤臣の中から指を引き抜いた。ズルリと粘膜を擦られ、篤臣は熱い吐息を漏らす。

「……ええんやな？」

問われて、篤臣は何度も頷いた。その瞼に、江南はそっとキスを落とす。

「篤臣……目ぇ開け。俺の顔、見てくれ」

「……え……？」

篤臣は、ようやくそっと目を開けた。視界いっぱいに、江南の顔が映る。その汗ばんだ顔は、いつもよりずっと……切ないほど獰猛《どうもう》な表情を浮かべていた。

両の膝裏をグッと抱え上げられ、後ろに猛《たけ》った江南自身が押し当てられる。

「江南……感じてる……？」

どこかたどたどしい口調で、熱に浮かされたように篤臣は訊ねた。江南は、乾いた唇を舐め、答えた。

「……感じてる……。お前の顔見てるだけで……ヤバいくらいや」

「ばーか。……俺ん中でイク、んだろ？」

「ん……入れるで」

篤臣は、返事の代わりに、両腕で江南の背中を抱き、自分から口づけた。江南の弾力のある唇が、まるで果物でも食べるように、篤臣の唇を貪る。舌が生き物のように篤臣の口腔に侵入するのと同時に、江南自身も、篤臣の中にギリギリとねじ込まれた。

「……っ……！」

悲鳴が、江南の舌に絡め取られる。篤臣は息苦しさと苦痛に喘ぎながらも、徐々に内腔を満たしていく熱い存在に、不思議なほどの充足感を覚えていた。

篤臣を苦しませないように、江南が自分の衝動を抑えてゆっくりと身体を進めてくれるのがわかる。丹念にほぐされた篤臣もまた、いつもより柔らかく江南を迎え入れた。

「……はい……った……？」

ようやく唇を離し、篤臣は涙に湿った声で訊ねた。今すぐにでも動きたいのを堪え、江南は篤臣の汗ばんだ頬をそっと撫でる。

「入った……。大丈夫か？　吐きそうか？」

江南に問われ、篤臣は初めて、ちょっと驚いた顔で呟いた。

「あれ……今日は……そうでもない」

本当に、いつもは挿入の瞬間、発作のように訪れる吐き気が、今はほとんどなかった。

「大西のせいで……わかったのかも……」

篤臣は、自分の中で脈打つ江南の熱を、その形を確かめるようにギュッと締めつけた。

「くっ……いきなり締めんなや。……何がわかったて？」

顔を顰めて波をやりすごしながら、江南が訊ねる。篤臣は、ゆっくりと言った。

「いつも……お前が俺を欲しがるばっかりだったけど……。ホントは、俺が、お前のこと欲しいんだって。お前のこと、こんなふうに……身体ん中に感じたいんだって」

「篤臣……」

ドクン、と篤臣の中の江南が、ひときわ大きさを増した。自分の言葉に、江南が感じてくれている……それが、篤臣には泣きたいくらい嬉しかった。

「江南……我慢しなくて……い、いいから」

動けよ、と消え入るような声で、篤臣は促した。

「アホ。お前があんまり煽《あお》るから、責任持たれへんぞ、今日は」

高まる欲望そのままに熱い息で囁かれ、篤臣は強く江南を抱きしめた。それを合図に、江南は篤臣のほっそりした足を抱え直し、さらに深く篤臣に押し入った。

「はあっ、あ、もっと……もっと、江南っ」

篤臣は、羞恥も自制も忘れ、感じるままに声をあげ、江南を求めた。

苦痛の向こうにある、確かな快感を追って……。もっともっと、江南を身体いっぱいに感じたくて。

そんな篤臣の願いに応えるように、江南もいつにも増して激しく、篤臣を突き上げた。

ギリギリまで引き抜き、そしてまた強く突き入れる。それをどれほど繰り返したことだろう。二人の身体は、汗でしっとりと濡れそぼっていた。

「や……あっ、ん、えなみ、えなみ……っ」

篤臣は、自分でも気づかぬうちに、ボロボロと涙をこぼしていた。

苦痛の涙ではなく、これ以上ないほど江南と近いところにいられることが嬉しくて。

身体だけでなく、互いの心が求め合い、与え合っていることが、二人に、今まで感じたことがないほどの陶酔を感じさせていた。

「篤臣……。なんや、ものすごい……感じる」

江南は、篤臣の目尻に溜まった涙を唇で拭い、荒い吐息交じりに囁いた。そして、互いの腹で擦られ、再び熱を取り戻した篤臣自身を、再び握り込んだ。

「んっ……お、俺も……すご……ああ……んっ、ん」

どうしようもなく乱れた自分を隠しもせず、篤臣は素直な快感を口にする。江南も、雄の本能の赴くまま、激しく篤臣を穿《うが》ち、かき回し続けた。

そして……。

「あ……あ、もうっ、俺……えなみッ」

切羽詰まった喘ぎを漏らし、篤臣は江南の背中にギリッと爪《つめ》を立てた。

「お前……医者の爪はもっと短う切っとくもんやで」

息を弾ませ、江南はその鋭い痛みに苦笑いする。だが、篤臣の耳にはもう、そんなからかいの言葉は届かないようだった。

「やあっ……も、いいかげん……に……ッ」

江南の肌に爪が食い込み、うっすらと血が滲んでいることにも気づかず、ただ篤臣は、懇願の言葉を繰り返す。大粒の涙が、上気した頬にこぼれた。

その泣き顔をもっと見ていたいような気もしたが、これ以上虐《いじ》めて、また臍を曲げられても困る。それ以上に江南自身も、そろそろ限界に差しかかりつつあった。

「もう……ちょっとだけ……な、篤臣」

「や……も、もう……ダメだって、マジ……で！　あ、あぁッ」

いきなり、突き上げが激しいものに変わった。焦《じ》らされ、極限まで敏感になった部分を強く突かれ、擦られて、篤臣はもう堪えることもできず、啜《すす》り泣きの声をあげる。

「俺も……もう、アカン……」

激しく腰を叩きつけながら、江南が乱れた声で囁く。熱い息が、汗の粒が、篤臣の顔に落ちた。

「い……しょ、に……」

「……ああ」

それまで縛《いまし》められていた篤臣自身の根元から、スルリと江南の指が外れる。すぐに再び絡んだ指は、それまでとは違い、絶頂へと追い上げるために動いた。それと同時に、篤臣のいちばん感じる最奥を、江南自身が正確に、そして深く突いた。

「あ、はぅ、あ、ああぁッ！」

「……うっ……！」

篤臣は、背中を弓なりにしなわせ、悲鳴にも似た声をあげて達した。そのきつい締めつけに、江南も低く呻いて自らを解放する。篤臣は自分の身体の最も深い部分で、力強い江南の脈動を感じた。

二人はともに息を詰め、そして、ゆっくりと弛緩《しかん》した。篤臣は、身体の上に、江南の熱く重い身体を感じ、果てしなく満たされた気分になった。

まだ息を弾ませつつも、江南は小さく笑い、嗄《しわが》れた声で言った。

「このままずっと……繋《つな》がってたい」

「冗談じゃ……んっ、ねえぞっ」

篤臣は悪態をつこうとして、ズルリと内腔から江南自身が抜き出される感覚に、顔を歪めた。

そのまま江南は、ゴロリと篤臣の傍らに横たわる。篤臣は、腰を庇《かば》ってうつ伏せになった。汗ばみ、熱を帯びた背中が、空気に触れてヒヤリとする。

二人はそのまましばらく、ただ無言で互いの荒い息を聞いていた。

「身体、大丈夫か？　もう、気分悪うないか？」

切迫した呼吸が治まった頃、江南が気遣わしげに訊ねた。

「ん……平気」

篤臣は、ゴロリと寝返りを打ち、仰向けになった。ちょうどそこにあった江南の腕が、気持ちよく枕の位置におさまってくれる。

「顔は平気違うけどな。やっぱし腫れてきとる。風呂上がったら、冷却シート当てんとな。……もう、風呂行くか？」

「もう少し……こうしてたい」

「わかった」

篤臣の言葉に、江南は笑って頷いた。

汗が引いて冷たくなった篤臣の肩を、江南の大きな手が、包むように何度も撫でた。

言葉はなくても、江南の不器用な愛情とか謝罪とか、そんな気持ちが温かな手のひらから伝わってくるようで、篤臣は小さな溜め息をつく。そして犬のように、鼻先を江南の頬に押しつけた。

——割り切って計算なさい。

美卯の声が、篤臣の頭に甦る。

——存分に計算すればいいの。自分が失うものと、得るものの差し引きを。

(俺が失うもの……俺が得るもの……)

自分がここにとどまったら。あるいは自分が渡米したら。

篤臣は、何度も考え続けてきたその二つの可能性を、もう一度考えてみた。だが、彼は思考を途中で中断して、思わず苦笑いしてしまった。

(違う。……そんなことはもう、どうだっていいんだ。わかってんだ)

失いたくないもの。得たいもの。

それはただ一つ、自分を振り回し、包み込み、喜ばせ、苦しませ、泣かせ、驚かせ……けれど結局いつも幸せな気持ちにしてくれる、この男。

(俺のプライドとか、計算とか……。そんなのもう、どうだっていいんだ。もう、わかっちまってんだからよ)

心が決まったら、篤臣はもう迷わない。潔さが身上の彼は、思ったことを即言葉にすることにした。

「なあ、江南」

篤臣は、江南の耳に口を寄せて呼びかけた。

「んー?」

眠そうな声が答える。己の欲求に正直な奴め、と笑いながら、篤臣は言った。

「あのさあ、俺……」

「んん」

相槌《あいづち》だか欠伸《あくび》だかわからない返事だが、返ってくるだけマシだろう。篤臣は、江南が寝入ってしまわないうちに、とても大切な決意を告げた。

「俺……俺な、やっぱ行くわ、お前と」

「……ふーん」

できるだけ厳かに言ったつもりだったのに、返ってきた江南の声は、あまりに軽い、まるで茶飲み話のような調子だった。

(……この野郎……)

江南の腕にしっかり抱かれているというポジションの都合上、篤臣には江南の表情は見えない。しかし、その軽い返事に、篤臣は愕然《がくぜん》とした。

(こいつ、もしかして最初から俺がそう言うって思ってたのかよ!)

どんな思いで俺が決心したと思ってんだ、と怒鳴りつけてやりたい衝動に、それまでの安らかな気持ちは吹っ飛んだ。

跳ね起きて、胸ぐら……は裸で摑めないから、せめてあの気取った横っ面くらい張り飛ばしてやらねば。

そう思った篤臣は、とりあえず肩を抱く江南の手を振り払おう……として、失敗した。

それより一瞬早く、江南がものすごい勢いで跳ね起きたからである。

「え、えな……」

「なんやて!?」

江南は上半身を捻《ひね》り、仰向けで横たわったままの篤臣の両肩を摑んだ。

「お前今、なんて言うた、篤臣!?」

「だから……。お前と一緒にアメリカ行くって、そう言ってんだよ」

「……なんでや！」

ほとんど詰問である。篤臣は、目を白黒させ、喉を詰まらせながら答えた。

「なんで って……そうしたいと思ったから」

「篤臣。俺の目を見て言え。……なんで、そうしたいと思ったんや？」

「なんでって……」

真上から、江南が瞬きもせず、自分を今にも絞め殺しそうな勢いで見つめ、問いかけてくる。

篤臣は思わず息を呑み……しかし、正直に言った。

「お前と一緒にいたいから。そんだけだ」

「……もういっぺん言うてくれへんか」

相変わらずくそ真面目な顔の江南に、篤臣はとうとうプッと吹き出して、しかしもう一度告げた。ゆっくり、はっきり、江南の心にまでちゃんと届くように。

「もう一度だけ言ってやる。よく聞けよ。たぶんさ。俺、お前が思ってるよりずっと、お前のことが好きだよ。……だから、俺だって、お前のこの手を離したくねえんだ」

「篤臣……」

信じられないというように、江南は篤臣を凝視している。篤臣は、江南の綺麗に筋肉の盛り上がった二の腕を、そっと撫でた。

「実は、『俺のことホントに大事なら行くな』って言うのもアリかなと思ったんだけどさ」

「うっ……それは……」

痛いところを突かれて、江南の顔が引きつる。篤臣は、本格的に笑い出しながら、ばーか、と言った。

「言わねえよ。そんなことして、お前の夢つぶしたいなんて、これっぽっちも思わねえ。悔しいけど、確かに俺の仕事のほうが、都合つけやすいんだ。それに……俺がついてきゃ、お前なんでもしてくれるって言ったよな？　俺にはそのほうが、お得だろ」

「篤臣……」

「明日、教授に相談してみる。教室の人たちに迷惑かけたくないから、いちばんいい方法で、お前と一緒に行けるようにする。……どうだよ。嬉しくねえのか？」

むしろ途方にくれたような顔の江南に、篤臣は眉をひそめた。

「……しいで、そら」

「あ？」

「嬉しいに決まってるやろが、て言うてるねん！　嬉しすぎて、気が抜けた」

フッと突っ張っていた腕から力が抜け、江南は篤臣の上にどさりと伏せた。

「おいおい。重いってばよ」

篤臣は、笑いながら篤臣の広い背中をポンポンと手のひらで叩いてやった。

ぎゅうっと、まるでどこへも逃がすまいとするように力をこめ、江南は篤臣を抱いた。

そして江南は、篤臣のクシャクシャと乱れた柔らかい髪に鼻を埋め、囁いた。

「ホンマにええんやな？　お前は、ホンマにそうしたいと思てくれてんねんな？」

今まで聞いたことがないほど、心細そうに揺れた声に、篤臣は、なんだか泣きそうな気分になる。

「男に二言はねえ。その代わり、お前も忘れんなよ。なんでもするって言ってたよな？」

「……わかっとる」

江南はくっと喉声で笑った。温かい吐息が、篤臣の髪を湿らせる。

江南はようやくほんの少し身体を起こし、至近距離から篤臣の顔を見つめた。

「で？　俺はお前の決意に感謝して、何したらええ？」

「んー」

篤臣は、唇を尖らせ、悪戯《いたずら》っぽい目で江南を見返した。

「どうしよっかな。まだ考えてねえけど、なんでもいいのか？」

江南は頷き、熱っぽい口調で答えた。

「ええで。なんでも、いくつでも。俺にできることはなんでもしたる。できへんことでも、できるようになってみせる」

「気合い入ってんなあ」

可笑《おか》しそうに笑いながら、篤臣はしばらく考え……そして、こう言った。

「じゃあさ。とりあえず一つ言っとく」

「うん」

「この先ずっと、腕枕はお前の仕事な？」

緊張していた江南の顔が、ゆっくりと緩んでくる。普段はムスッとしている唇には、心底嬉しげな笑みが浮かんだ。

「……ええよ」

柔らかな囁きとともに、力強い腕が、再び篤臣の頭の下に差し入れられる。ギュッと抱き寄せられ、温かい胸に包まれて、篤臣は気持ちよさそうに目を閉じた。

穏やかな沈黙が訪れる。

「な、江南」

眠ったかと思っていた篤臣に突然呼びかけられ、江南は篤臣の髪を弄びながら答えた。

「うん？」

「あのさあ……」

篤臣は、くすぐったそうに鼻先を江南の顎にくっつけて言った。

「なんかいろいろあったけどさ。やっと、気持ちが通じたってーか……照れくせぇけど、心まできっちり繋がったって気がする、俺」

「俺もや。……なあ、篤臣」

江南は、篤臣の額に唇を押し当て、吐息交じりに言った。

「後悔させへんからな」

「しねえよ。俺が自分で決めたんだぜ。お前に連れていかれるんじゃねえ、ついていくんだ。

何があったって、面白がってみせるさ、意地でもな」

「……せやな」

そして、篤臣の小さな欠伸をきっかけに、二人は再び黙り込んだ。訪れた睡魔の誘惑に、篤臣は身を委《ゆだ》ねる。

「篤臣……好きやで」

まどろみに落ちる直前、篤臣は、江南の愛《いと》おしげな囁きを聞いた気がした。

＊　＊

そういうわけで、それから一ヶ月後、江南と篤臣は、二人揃《そろ》って江南の赴任地、ワシントン州シアトルに旅立った。

篤臣は結局、大学の規則でいったん退職することになった。だが城北《じょうほく》教授は、

「帰ってきたらすぐに戻ってきたまえ。心配しなくても、君のポストは一年や二年で埋まりはしないよ」

と請けおってくれた。横から美卯も、

「もしかしたら、私が寿退職してるかも」

と言葉を添え、篤臣を送り出してくれたのだ。

篤臣はついに下宿を引き払い、文字どおり身一つで、江南についていくことになった。そ

れは篤臣にとって、不安よりもワクワクするような胸騒ぎをもたらす経験だった。

彼らがアメリカについてまずしたことは、家探しだった。日本から手配していたアパートが二人とも気に入らず、結局現地の不動産屋の紹介で、シアトル郊外の小さな一軒家を借りることにした。

通勤に自動車で一時間近くかかるのが難だが、日本と違ってハイウェイが発達しているので、渋滞にイライラするようなことはない。かえって郊外の緑豊かな環境で過ごすほうが気持ちがいいだろうと、二人の意見が一致したのだ。

江南は、予定どおり、ワシントン大学医学部の外科で、研究生としての生活に入った。篤臣も、江南のキャンパスにほど近い……といっても、キャンパスが巨大すぎて、近いもクソもないのだが……英語学校に通うことになった。アメリカにいる間に、せめてTOEICとTOEFLを受験し、できる限りの高得点を叩き出す、という身近な目標を掲げ、頑張ることにしたのだ。

初めての海外生活に、最初の数週間は戸惑うことも多かった。実際生活してみると、小さな問題がしょっちゅう起こってくるものだ。ひとりなら、挫けてしまっていたかもしれない。だが、トラブルが起こるたび、二人で考え、一つ一つ解決していくことは、彼らにとってむしろ喜びだった。

二人は毎朝一緒に車で家を出た。途中、語学学校で篤臣を降ろしてから、江南は大学に出勤する。夕方になると、二人は町中のスターバックスで待ち合わせ、買い物をしたり、食事をしたりしてから帰宅する。すぐに、そんな生活リズムができた。

こうして、二人は徐々に、新しい環境に馴染《なじ》んでいった……。


そして……渡米二ヶ月後の、ある夜のことである。

「おい、篤臣っ！」

大学の勉強会に出席していたため、いつもより遅く、ひとりで帰宅した江南は、息せききって居間に駆け込んできた。

「おう、おかえり。……ってどうしたんだよ」

トレンチコートも脱がず、肩から鞄《かばん》をかけたままで、江南はエプロン姿で出迎えた篤臣を、ぎゅっと抱きしめた。

息が止まるほどの抱擁に、篤臣は目を剝く。

「え、江南？ 何か悪いもんでも食ったのか？」

「違う。さっきな、大学でおもろい話、聞いたんや」

江南は、棒切れのように硬直している篤臣の身体をようやく離し、おもむろに背筋を伸ばす。

抱きしめられたときと同じくらい唐突に解放され、篤臣は右手におたまを握ったまま、呆然と江南の精悍な顔を見上げた。

「面白い話ってなんだよ？」

江南は、興奮さめやらぬ口調で、熱っぽく言った。

「結婚しよう!」

沈黙。……そして、絶叫。

「あああああ!?」

篤臣はじり、と一歩後退しつつ、下から覗き込むように、江南の表情を窺った。

「お前、頭沸いたのか? 何言ってんだよ」

「結婚しよう、て言うてる」

だが、江南のテンションは少しも下がらない。篤臣は、軽い頭痛を覚えつつ、ソファーを指さした。

「とにかくちょっと座れ。落ち着いて最初から話してみろよ」

「おう。よう聞けや」

江南は、ようやく鞄を床に落とすと、勢いよくソファーに腰かけ、自分の隣をバンと叩いた。仕方なく、篤臣も並んで腰を下ろす。

「大学の近くにな、小さな教会があるんや。こないだ一緒に行ったとき、見たか?」

「車で前通り過ぎた、アレかな。煉瓦《れんが》造りの古くてちっちゃい教会だろ。蔦が絡んでて、綺麗だったな。それがどうかしたか?」

「そこで、去年の秋から、男同士でも結婚式が挙げられるようになったらしい!」

「……はあ!?」

篤臣は、思いもよらぬ言葉に、のけ反りながら訊ねた。

「何？　ここ、州法で男同士の結婚オッケーなとこだっけか？」

「いや、それはまだや。けど、教会がオーケーしたら、式だけは挙げられるねん。ブレッシング・スタイルに似た感じなんやろうな」

「へ……へえ……」

「どのみち俺ら外国人やから、ここで籍入れるわけにはいかん。けど、式だけやったら、どの国の人間でも挙げてくれるんや。な、ええ話やろ!?」

「うん……ってこらぁ！」

勢いに呑まれてつい頷いてしまってから、ハッと我に返った篤臣は、ソファーのクッションをバシンと叩いて怒鳴った。

「お前、帰ってくるなりいきなりなんだよ、その、結婚、って。俺はそんなこ……」

「結婚しよう。っちゅうか、してくれ！」

ごく大真面目な面持ちで、江南は詰め寄る。篤臣は、パチパチと瞬きした。

「結婚……って、俺とお前、だよな？」

「せや」

「……どうして。そんなことしなくったって、俺とお前はここに一緒にいるじゃねえか。式なんて、形だけのもんだろ？　関係ねえじゃん」

篤臣は醒《さ》めた口調で言ったが、江南は少しも迷いのない声で答えた。

「形だけでもええ。俺は、二度とお前をあんなふうに不安にさせたくないんや。俺はキリスト教徒やないけど、それでも、教会行ったら、なんか神聖な気分になるやないか」

「まあ、な。どっか厳かな感じがするよな」

江南は頷き、篤臣の頬に片手で触れた。その冷たさに、篤臣の頬が小さく痙攣する。

「そんな特別な場所にお前と二人立って、でっかい声で誓いたいんや。言葉だけやなく、心だけやなく、目に見える絆《きずな》を結びたい」

「江南……」

まだ戸惑いを残す篤臣の瞳を真っすぐ見つめ、江南はホロリと気障な笑みを浮かべた。

「俺をお前に縛りつけたい。お前を俺に繫いでしまいたい。……我《わ》が儘《まま》やて怒るか？」

「……我が儘ってえか、心配性だよな、お前って。……いいよ。けど、一応言っとくことが一つある」

「なんや？」

思わず居ずまいを正す江南に、篤臣は少し声を低くして、念を押すように宣言した。

「俺は・絶対に・絶対に・ウエディングドレスなんか・着ないからなッ！」

「…………」

江南がポカンとした顔になったので、篤臣はたちまち真っ赤になる。

「う、やっぱいくらお前でもそんなこと考えてねえよな、俺ってば何言って……」

だが、次の江南の一言に、篤臣は凍りついた。

「やっぱアカンか。似合うと思うけどな」

「お、お、おま、お前なあ……」

「ええやんか。俺が着るよりは絶対似合うで、お前。ジュリエットで証明済みやしな」

「じ……じゃあ、お前は何着んだよ？」

「あん？　俺は当然タキシードやな。お前より百倍似合うはずや」

篤臣はもう言葉も出ず、ただ両の拳を握りしめ、プルプルと全身を震わせている。それを見た江南は、ニヤリと笑ってこう言った。

「それで二人で写真撮って、『結婚しました』葉書とか作ろうと思っててんけど。恥ずかしくてええやろ？」

「て……てめえ！　ぶっ殺す!!」

次の瞬間、江南は目にもとまらぬ素早さでリビングから逃げ出した。篤臣は、クッションを握りしめてそのあとを追う。

「待ちやがれ江南ッ！　今日という今日は、マジで殺す！」

やがてベッドルームに響き渡るけたたましい物音と江南の悲鳴と、篤臣の怒声。

何やら賑《にぎ》やかな、しかし確実に幸せな二人が、そこにいた……。

とりあえず愛の誓いなど

ねえや」


「はー、なんかやっぱり、日本の風呂《ふろ》が恋しいなあ。アメリカの風呂って、温まった気がしねえや」

パジャマに裸足《はだし》で寝室に入ってきた篤臣は、いつもの愚痴を口にしながら、毛布をめくり上げた。よいしょっと勢いよくダブルベッドに転がり込んでくる。スプリングが、鈍い悲鳴をあげた。

アメリカに来てから買ったこのベッドは、少しマットレスが柔らかすぎる。篤臣《あつおみ》が勢いよく寝返りを打ったびに、俺は目を覚まして舌打ちするはめになるのだ。たぶん、その逆もあるのだろう。……まあ、ベッドの上で「運動」するときに限っては、微妙な動きがついて、なかなかいい感じなのだが。

「お前、風呂上がりくらい、スリッパ履けや。足の裏冷たいで」

俺がそう言うと、篤臣はわざと俺の脛《すね》に足の裏をぺたりと押しつけて笑った。

「大丈夫だ、汚れやしねえよ」

本当は土足で歩くように設計された家だが、俺たちは二人とも、玄関先で靴を脱ぐ。家の中でまで靴を履いたまま過ごすのは、どうにも気持ちが悪いからだ。篤臣は綺麗《きれい》好きだから、床をいつもピカピカに磨き上げている。裸足で歩いてもなんら問題はない。

「あー、ホント、風呂だけでも改造してえな。バスタブが浅いから、足を沈めたら肩が出るし、肩を沈めたら足が出るし、身体《からだ》のどっかが結局冷たいんだ」

「お前も、毎晩よう同じことばっかし言えるな」

「だってホントなんだから、仕方ねえじゃん。なあ、日本から船便で風呂桶《おけ》取り寄せねえ？」

「取り寄せて、どないするんや」

「こう、バスルームを日本の風呂場に華々しく改築！……とかダメだよな、やっぱ。大家に怒られるよなあ」

「たぶんな」

先にベッドに入っていた俺は、隣に潜り込んできた篤臣の頭の下に、ほとんど条件反射のように腕をあてがってやる。以前、「腕枕《まくら》はお前の仕事」と篤臣に言われて以来、二人で眠るときの習慣みたいになってしまった。篤臣は髪を乾かさないまま床につくので、俺のパジャマの袖《そで》はビショビショになってしまう。だが篤臣の奴、そんなことにはまったくおかまいなしだ。

「せやけどお前、足も肩も冷たいやないか。いったい、どんな格好で湯に浸かっとってん」

「今日は、背中に重点を置いてみた」

「……なるほど」

日本にいたときは、俺がなかなか家に帰れなかったせいで、篤臣はだだっ広いベッドにひとりで寝る夜が多く、それがずいぶんと不満だったらしい。

ここシアトルに来てからは、俺と篤臣はほとんど毎日一緒に帰宅する。だから、日本にいたときより、ずっと二人で過ごす時間が増えた。

夕方、仕事が終わると、俺は車で大学から、篤臣の学校近くのスターバックスに行く。篤臣は大抵先に来ていて、カウンターで本を読みながら、キャラメルマッキアートを飲んでいる。こっちに来てから買ったマイマグカップ持参だ。

あんなくそ甘いコーヒーをグランテでオーダーした挙げ句、俺が来てからさらにお代わりを買いに行くのだから、恐ろしい。

とりあえず並んで座って、コーヒーを飲みながら、俺たちはその日あったことを話し合う。ほとんどはたわいないことだ。

俺は基本的に仕事の内容についてはいっさい喋《しゃべ》らない。理由は、秘密主義でもなんでもなく、単に家庭と仕事を切り離したいだけだ。

だから俺はほとんど聞き役で、喋るのは篤臣のほうだ。英語学校であったその日の授業の話……。たとえば、「L」と「R」の聞き取りが難しいだの、アクセントがどこにあるのかさっぱりわからないだの、文法なんて忘れちまっただの、そんなことを、篤臣は毎日のように俺に切々と訴える。とはいっても、本気でへこんでいるわけではなく、困難や苦労を楽しんでいることは、奴の愚痴がやけに明るい調子であることでわかってしまうのだが。

俺はいつも適当に相槌《あいづち》を打ちながら耳を傾け、仕事の緊張をゆっくりとほぐす。そしてやがて喋り疲れた篤臣が、

「なあ、腹減った。買い物行って、とっとと帰ろうぜ」

と言い出すまで待つのだった。

日本のものとは比べものにならないほど大きなスーパーマーケットで数日分の買い物を済ませ、帰宅すると、篤臣は早速晩飯の支度に取りかかる。

その間に俺は……べつに何をするでもなく、部屋着に着替え、ソファーでゴロゴロとテレビを見て過ごす。

そのうち篤臣がキッチンから顔を覗《のぞ》かせて、皿を出せだの少しは手伝えだのと怒り出すので、俺は渋々起き上がって、ささやかな家事労働に加担するのだ。

そうして、篤臣の作った簡単だがそれなりに旨《うま》い飯を食った後、それぞれの勉強に精を出したり、テレビを見たり、音楽を聴いたり……まあその、時々はじゃれてみたり。とにかくどちらかが睡魔に襲われるまで、俺たちはソファーで一緒に過ごす。

こうしてしみじみと思い返してみると、本当に、日本にいるときは想像もしなかったくらい、俺たちは同じ時間を共有していた。

週末に至っては、ほとんどまる一日一緒だ。掃除洗濯はもちろん、時には家に手を入れたり、庭の芝を刈ったり、服を買いに行ったり、俺たちはけっこう忙しく過ごしていた。

そして、明日は土曜日。またやってきたこの休日は、しかしいつもとは確実に意味の違う一日になるだろう。俺にとっても、篤臣にとっても、人生でもっとも忘れられない日になるはずだ。なぜなら……。

「……なあ、江南《えなみ》」

俺がぼんやりと物思いにふけっていると、篤臣が俺の髪を軽く引っ張りながら呼びかけてきた。

「なんや？」

軽い眠気を感じつつ、俺は答える。篤臣は、俺の腕に頭を預けたまま、もそもそと言った。

「あのさあ。明日……俺たちの結婚式、なんだよな」

「ああ」

俺は、篤臣が偶然にも俺と同じことを考えていたことが嬉《うれ》しくて、笑いながら訊《たず》ねた。

「ま、形だけのもんやけどな。それが、どないしたんや」

「いや……」

篤臣は曖昧《あいまい》に答えると、ゴロリと寝返りを打って、俺に背中を向けた。そして、さらにくぐもった声でこう言った。

「なんか……マジなんだよな、やっぱり」

「そらお前、今日、二人して、教会にリハーサルに行ってきたとこやないか。なんのために、誓いの言葉考えて、練習したと思ってんねん」

そう、俺たちはここしばらく、休日のすべてを明日のために……俺たちの結婚式の準備のために費やしてきた。今日はとうとう、俺は半休まで取って、午後いっぱい教会で過ごしたのだ。

もちろん、ここワシントン州の州法はまだ、同性同士の結婚を認めてはいない。だから俺たちの結婚は、「リーガル・スタイル」ではなく「ブレッシング・スタイル」、つまり神様の前で、聖職者が祝福を与えてくれるだけの、なんの法的効力もないものだ。

式自体はかなり簡素だが、それでも、当日までにやっておくことは山ほどあった。

まず、式までに教会に何度か通い、説教を受けるとともに、当日の打ち合わせをする。「誓いの言葉」はお仕着せのものではなく、基本をふまえてあとは自分たちでアレンジすることになり、二人で頭をつき合わせ、辞書を繰って考えた。

そして、指輪と衣装も必要だ。結婚指輪を雁首《がんくび》並べて買いに行くのは絶対に嫌だ、そんな恥ずかしいことをするくらいなら死んだほうがましだと、篤臣が鬼のような形相で嚙《か》みつくので、俺は仕方なく、篤臣の指のサイズを測ってから、ひとりで買いに行くはめになった。

そして衣装は……。

俺は本当に……本当に、篤臣にウエディング・ドレスを着せてみたかった。例の「ロミオとジュリエット」で見た奴のドレス姿が、信じられないほど綺麗だったからだ。

フランス人形みたいな装飾だらけのけばけばしい服はご免だが、ハイネックの、裾《すそ》が自然に広がったスッキリしたドレスを着たら、きっと世界一似合う。清楚《せいそ》なベールなんか被《かぶ》せようものなら、もう右にも左にも出る者はない。

俺は何度もそう主張して、篤臣を説得しようとしたが、そのたびに手加減なしの右ストレートやらアッパーカットやらを喰《く》らって、とうとう諦《あきら》めた。このままでは俺の顔がガタガタになって、式以前の問題になってしまうからだ。

とにかく、そんな諸々《もろもろ》の面倒な準備を済ませて、ようやく俺たちは、明日、晴れの日を迎えるのだ。

それなのに、篤臣はどこか浮かない声でこう言った。

「いや、そりゃわかってるんだけど……。ホントに結婚式なんか、してもいいのかって思ってさ」

「……おい」

俺は思わず身を起こして、篤臣の肩を摑《つか》む。半ば無理やり仰向けにさせた篤臣は、なんともいえない複雑な表情で、俺を見上げていた。

「なんやねん、お前。……この期に及んで、やっぱり嫌やとか言うつもり違うやろな」

俺の声は、無意識に凄《すご》むような調子になっていたのかもしれない。篤臣は、困ったような怯《おび》えたような顔つきで、眉《まゆ》をハの字にした。

「怒るなよ。……俺はべつに、嫌だって言ってんじゃないぜ。けどさ……」

「けど、なんや？」

「なんか、気恥ずかしいってかなんていうか……。だってよ、江南」

篤臣は、本当に困り果てた顔で、片手を伸ばし、俺の頬《ほお》に触れた。

「結婚、だぜ？　それも、俺とお前が。いくら形だけで、籍入れるわけじゃねえっつっても、一応、けじめだろ？」

「ああ」

「結婚するっていうことはさ、俺たち、所帯持つことになるんだぜ？」

「……俺はそうしたいと思うたから、お前と結婚することにしたんや。お前は違うんか？」

篤臣はしばらく考え、そしてやっぱり困った顔で、首を横に振った。

「俺だって、お前と今こうして暮らしてて幸せだ。日本で考えてたより、ずっと、ずっとな。お前と一緒に過ごす時間が増えて、そりゃ喧嘩《けんか》の回数も増えたけど、いろいろ楽しくてさ。……お前の、俺と目に見える絆《きずな》を結びたいって気持ちも嬉しい」

「……せやったら……」

「ただな、俺はお前と違ってシャイなんだ！」

篤臣はそう言って、俺の頬を思いきり摘《つま》んで引っ張った。痛い。だが篤臣は、その手を払いのけようとした俺の手首を摑み、噛みつくように言葉を重ねる。

「なんかさ、二人して嬉しそうにめかしこんで教会行ってさ、神様はともかく、他人さまの前で『結婚しまーす』って宣言するのって、今さらながら恥ずかしくないか？　俺もう、今日のリハーサルだけで、頭のてっぺんから湯気噴いて倒れそうだったぜ」

「……へふい（べつに）」

俺は、頬を引っ張られたまま答えた。

牧師は、まだ若いが親切で、話のわかる男だった。だいいちこの州ではまだ、法的には同性同士の結婚は許されていないのだ。教会だって、諸手をあげて同性愛を認めるほど頭が柔らかくないはずだから、おそらくは牧師の裁量で、「こっそりとではないにしても、ひっそりとささやかに」、明日の式は執り行われるのだろう。

リハーサルも牧師と俺たちだけだったし、明日の本番も、リーガル・ウエディングではないから、特に立会人を置く必要はない。ほとんど二人だけの儀式に、羞恥《しゅうち》を覚える必要がどこにあるというのだ。だが、篤臣はそうではないらしい。

「だよな。お前はそういう奴だからな。デリカシーの欠片《かけら》もありゃしねえ」

篤臣はようやく俺の頬から手を離し、はあああ、と深い溜《た》め息をついた。

「お前にゃ、俺のこの羞恥心とか、なんだかわかんないけどいたたまれない気持ちとか、絶対理解できねえんだろうな」

「……なんや、そういうことか。わかったで」

俺はようやく納得した……つもりで、篤臣のまだ湿った髪をくしゃっと撫《な》でた。

「篤臣、お前マリッジ・ブルーっちゅうやつやねんな。心配せんでええ、嫁ぐ前て、みんなそうなるもんらしいで」

ボカッ！

「馬鹿野郎ッ！」

強烈な右ストレートを俺に喰らわせるなり、篤臣は毛布をグルグル巻きにして、その中にすっぽり潜ってしまった。

俺はジンジンする頬を押さえ、呆然《ぼうぜん》とする。

「な……なんでどつかれなアカンねん。せっかく、深い理解を示したったのに」

「どこが理解だ！　殴られた理由は、てめえの胸に聞いてみろ。ったく、恥ずかしいことをポンポン言いやがって！」

「違うんか？」

「知るかよ！」

篤臣は、すっかりふて寝の様相だ。俺は仕方なく、毛布ごと、篤臣を背中からギュッと抱きしめた。

「離せよ、馬鹿」

「離さへん。お前が機嫌直すまでな」

「こ……こんなことされたって、機嫌なんか直るもんか！」

「ほな、朝までこのままやな」

「嫌だってば。離せって。離さないと、もっぺん殴るぞ！」

腕の中で、篤臣はジタバタ暴れる。だが、それが本気でないことくらい、俺にはお見通しだ。だから俺は、駄目押しに、篤臣の耳にキスして、囁《ささや》いた。

「離してほしかったら、機嫌直してこっち向けや」

「…………」

しばらくの沈黙の後、篤臣はようやくもそもそと身体を動かし、毛布に巻かれたまま、俺のほうを向いた。頬が、少し赤らんでいる。

「向いたぜ。離せよ」

まだ怒った口調で、少し上目遣いに俺を見て、篤臣は口を尖《とが》らせた。その唇に軽くキスして、俺は篤臣の額に自分の額をくっつける。もちろん、離せなんて要求は無視だ。

「心配すんなや。……不安になる暇ないくらい、大事にしたる」

「ホントかよ。……おい、離せって言ってんだろ」

「離さへん。こっち来てから、わかったんや。日本におったとき、どんだけお前のこと、ほったらかしにしとったか」

「今さら、なんだってんだ」

少し上擦った声が返ってくる。本当に自分の感情を偽れない奴だ。そんなところが、たまらなく可愛いと思うのは、俺が「恋は盲目」状態に陥っている証拠だろうか。

「今さらやけど……ほら、こないだお前、泊まりがけで出かけたやろ」

「ああ、学校の仲間とマウント・レイニアに出かけたときな？」

「せや。……あんときな、初めて俺、このベッドでひとりで寝たんや」

「……それが？」

篤臣は、怒りを忘れたように俺をジッと見る。その少し色素の薄い瞳《ひとみ》を至近距離で見ながら、俺は恥ずかしさを堪《こら》えて、正直に告げた。

「寂しかった」

「……はあ？」

「夜中に目ぇ覚めて、無意識にお前のほうに手を伸ばして……誰もおらんかったとき、寂しいと思たんや。てっきりお前に触ると思った手のひらに当たったんが、ギョッとするくらい冷たいシーツでな。で、日本におった頃、お前にしょっちゅうそんな思いさせとったんかって……そんとき」

「ばーか。お前、いちいち気づくのが遅ぇんだよ」

篤臣はそう言って、額をくっつけたまま、俺の鼻に嚙みついた。むず痒《がゆ》いと痛いのギリギリ境界あたりの強さで歯を立ててから、笑いを含んだ声で言う。

「話し相手がいなくてつまらねぇとか、でっかいベッドが広すぎて居心地悪いとか、そんなこと思ってたんだろ」

奥さまはすべてお見通し、である。俺が頷《うなず》くと、篤臣は呆《あき》れたらしく溜め息をついた。

「しょっちゅうだったぜ、そんなこと。お前って、つくづく想像力がねえんだな。実体験するまで、理解できなかったんだろ、俺の気持ち」

「……悪い」

「まったくだ。ま、わかっただけよしとすっか」

「そうしてくれや」

俺は、篤臣をぎゅっと抱きしめ、すんなりした首筋に鼻を埋めた。篤臣は、笑いながら身を捩《よじ》る。

「馬鹿、よせよ。今夜は嫌だって」

「なんで」

「だってよう……」

篤臣は、俺の肩を思いきり押し返して、ちょっときまり悪そうに言った。

「結婚式の前の夜にエッチって……」

「不謹慎？　お前、そんなに信心深かったんか？」

パジャマの襟元をいじる俺の手をパンと叩《たた》いて払いのけ、篤臣は口をへの字に曲げる。

「そうじゃねえよ、じゃなくて……なんか、生々しい感じがするだろ。それに、もう一緒に住んでんだから、いつでもできるし……」

一生懸命弁解しながら俺を突き放そうとする篤臣に、俺は思わず吹き出してしまう。

「アホ。お前、俺のことケモノやと思てんのか。嫌がっとるのに、無理やりせえへんわ」

「……お前な、それを信じろってのか？　ほかでもないこの俺に」

「……あ」

そうか。忘れていた。そもそも「初めて」のときは、俺がこいつを強姦《ごうかん》したんだった。俺は二の句が継げず、口をパクパクさせるばかりである。

そんな俺の狼狽《ろうばい》ぶりがよほど滑稽《こっけい》だったのか、篤臣は眉尻《まゆじり》を下げて笑い、俺の眉間《みけん》を指でピンと弾《はじ》いた。

「わかったか、この強姦魔」

「う……すまん。まあその……あんときは、俺も酒入っとったしな……」

「言い訳になるかよ」

「う……今さらあらたまってなんやけど、す、すまん」

「ホントに今さらだ」

篤臣はクスクス笑いながら、俺の肩に頬を押し当てた。

「不思議なんだよ。遠い国に来て、言葉もあんまり通じなくて、いきなり学生に戻って、本当は心細くなるはずなのに……。お前とこうしてると、全然そんなこと感じねえんだ。日本にいるときと同じ気分でいられる。いや、日本にいたときより、ずっと安心して暮らしてるんだ、俺」

「そうなんか？」

「うん。こっち来て、しみじみ思った」

「何を？」

篤臣の息で、パジャマの肩が温かく湿った。

「世界じゅうどこに行っても、江南がいれば、そこが俺の居場所なんだなあって。最近、ホントよく、そんなふうに思う」

「篤臣……」

「なんだかんだ言っても、俺、すっげえ頼りにしてんだよな、お前のこと」

独り言のような調子でそう言って、篤臣はくすんと笑った。

「その……これからも、よろしくな」

照れくさそうに、しかしハッキリとそう言った篤臣の唇に、俺は軽いキスを贈った。

「こっちこそ、よろしゅうな」

篤臣は頷き、片腕を緩く俺の胸に回した。

「さて、綺麗にまとまったところで、寝ようぜ。明日は大変な一日になりそうだからな」

「そうやな」

俺は少し体の向きを変え、篤臣の身体を半ば俺の上に乗せるようにして抱えた。

「そんな格好で寝たら、お前、重いだろ？」

篤臣は、眠そうに欠伸《あくび》しながら言う。俺は笑ってかぶりを振った。

「お前は細いから、そうでもない。……それに、なんとなく、今夜は感じていたいんや。俺が、これから一生、抱いてくもんの重さをこう、身体全体でな」

「……気障《きざ》言ってやがる。明日、そのせいで手が浮腫《むく》んで、指輪入らなくなっても知らねえからな。おやすみ」

呆れたようにそう言って、篤臣は遠慮なく俺に体重をかけ、おやすみの挨拶《あいさつ》をした。

「おう、おやすみ。明日、ちゃんと起きろや」

「お前もな」

そこで会話が途絶え……やがて、人一倍寝つきのいい篤臣の寝息が聞こえ始める。

俺は篤臣を起こさないように、毛布を肩まで引き上げてやった。そのまましばらく、毛布の上から篤臣の背中を撫でる。

今夜は、不思議なほど二人の心臓が同じリズムを刻んでいる。それが嬉しくて、眠るのが惜しいような気がした。

だが、明日は一世一代の晴れの日なのだ。睡眠不足の赤い目でいるわけにはいかない。俺は誘惑を振りきって、目を閉じた。

篤臣の柔らかい猫っ毛が、頰や顎《あご》をくすぐる。その心地よい感触を感じながら、俺の意識は、深い眠りに沈んでいった……。

＊　＊

翌朝、午前十一時。

「おい江南ッ！　いつまで頭いじってんだよ。とっとと洗面所譲れ。時間なくなっちまうだろ。準備が遅ぇんだよ、お前は」

バスルームに頭だけ突っ込んで、篤臣がものすごい勢いで怒鳴る。そう言う本人がまだ下着姿なのを見て、俺は溜め息をついた。

「時間ない言うんやったら、さくさく着替えんかい。俺はもう、いつでも出れるで」

「……だってよう」

篤臣は悔しげに唇をひん曲げ、鏡越しに俺を睨《にら》んだ。

「ひとりじゃ着られねえよ、あんなの！　早くこっち来て、手伝ってくれよ」

「ああ？　そんなもん、俺かてようわからんで。成人式に着たきりや」

「俺なんか、着るの生まれて初めてだよ。とにかく、さっさと来て、手ぇ貸してくれって」

「ああ、わかったわかった」

仕方なく、俺は入念に整えた髪をもう一度チェックしてから、ベッドルームに向かった。

俺たちが今朝抜け出したままの乱れた毛布の上に、篤臣の「衣装」が無造作に広げられている。

今日のために、わざわざインターネットで通販した、黒紋付羽織袴《はかま》。篤臣の選んだウェディングドレス、もとい、婚礼衣装だ。

数週間前、二人で大騒ぎして篤臣の身体のあちこちのサイズを測り、仕立ててもらった。礼装はすべて羽二重を使うとかで、やけに高かった代物なのだが、果たして上首尾に出来上がっているのかどうかは、はなはだ疑わしい。

「お前、こういうもんは、当日までに最低一回は着て、サイズとかを確かめとくもんやろ」

俺が羽織を取り上げてそう言うと、篤臣は逆ギレ状態で言い返してきた。

「着物に、サイズもクソもあるかよ。ほら、店の人がちゃんと着付け方の説明書つけといてくれたから、このとおりに着せりゃいいんだって。早くしろ！」

篤臣は、腰に手を当てポーズで言い放った。俺の「花嫁」は、バットマン柄のトランクスで仁王立ちか……。まあ、いい。それも篤臣らしい……と言えないこともない。

「……はいはい」

俺は仕方なく、白いタキシードの上着を脱いだ。サスペンダーを肩から滑り落とし、腕まくりをしようとしてやめた。せっかくの真新しいシャツに皺《しわ》が寄ると困るからだ。

「ほな、真っすぐ立っとけ。順番に着せていったるから」

「うん」

俺は、「簡単着物の着付け方」という名の取扱説明書の指示に従い、見よう見まねで篤臣に着物を着せつけ始めた。

「まずは……何？　褌《ふんどし》やと？」

「馬鹿ッ！　そんなもん、買ってねえぞ！」

「当たり前やろが。褌まで着せつけろとか言われたら、俺はちょいと暴れるで。……ほな、それは無視やな。とりあえず、肌襦袢《はだジバン》からいくか……」

肌襦袢を着せたら、すかさずタオルで体型補正。篤臣は細いから、タオルを三枚も使った。和服を着るときは、痩《や》せっぽちのままでは、格好がつかないのだ。せっかくいい着物なのに、昔の貧乏書生みたいな姿に仕上げてしまっては、俺の沽券《こけん》にかかわる。

次に、白羽二重の長襦袢を着せ、腰紐《こしひも》をしっかり締める。ここをきっちり締めておけば、そうそう着崩れない……と、説明書に書いてある。

「げ、苦しいってばよ。ホントに合ってんのか、これで」

慣れない作業であるから、あるいは少々きつく締めすぎたかもしれない。

だが、それにしても、当の本人が突っ立って文句を言うだけで、なんの手伝いもしてくれないのだ。手間取ることこの上ない。

「うるさいな、お前は。じっとしとかんかい」

モゾモゾ動きたがる篤臣を叱《しか》りつけ、黒紋付の長着を着せる。襟のところが「比翼仕上げ」とやらになっているそうだが、俺にはなんのことかさっぱりわからない。とにかく、合わせが死人にならないようにだけ注意し、きちんと背中の中心を真っすぐにして着せる。

「とにかく着れてりゃいいだろ。アメリカ人にはどうせ、着付けの善し悪しなんてわかんねえんだし」

「そうもいかんやろ。真っすぐ立っとれって。背中の線、合わせとるんやから」

「変なとこ細かいよなあ、江南は。そゆとこ、年寄りくせえって言われねえか?」

自分のことだというのに、篤臣はまるで呆れたような表情と口調で、そんなことを言った。小憎たらしい奴だ。

「そんなこと言うんは、お前だけや。……よっしゃ。袴……の前に、お前、着物の尻はしょっとけ。そのほうが動きやすいらしいで」

「へー。なんか、いっぱい着るんだな。もう、肩凝ってきた、俺」

「俺も汗かいてきた。これが女の子やったら、後で悪代官遊びができて、着せがいもあるんやろけどな」

「悪代官遊びってなんだよ?」

「『よいではないか~』くるくるくる『あれご無体なー』、ってやつや。いわゆる男のロマンの一つやな」

「馬鹿っ！　何がロマンだ、このスケベオヤジ！」

「冗談や。……ほれ、足入れろ。ああこら、転ぶぞアホ」

仙台平の縞柄《しまがら》の馬乗り袴。人がせっかく広げてやっているのに、篤臣の奴、右足部分に両足を突っ込んで、転びそうになったりする。まったくもって、不器用な奴だ。

袴紐を十文字に結び、羽織を着せかけ、羽織り紐を金具に取りつけ……。これで、ようやく、一応着付けが終わったことになるらしい。

「で、あとはこの白扇持っとけ。なんでか知らんけど、そういうお約束らしい」

「アイテムまであるのか！　なんか、バカ殿みたいじゃねえ？　『アイーン』とかやってみたりして」

篤臣は、本当に「アイーン」をやったあと、バタバタと扇子で俺を扇《あお》いで笑った。

「みたいやなくて、バカ殿そのものかもしれへんぞ。……アホ。冗談やから、暴れんな。『馬子にも衣装』に訂正する。ま、こんなもんやろ」

苦闘数十分。ようやくなんとか見られる状態に仕上げたときは、俺はすっかりくたびれてしまっていた。

「ふん。ま、悪かねえな」

篤臣は、自分は何もしなかったくせに、偉そうにそう言って、鏡の前でクルリと回ってみせた。結婚式というよりは成人式、成人式というよりは七五三みたいで可愛《かわい》らしい。そう言えば、間違いなく瞬殺されるだろうから、俺は賢くも出かかった言葉をゴクリと飲み込んだ。

「よし、あとは頭どうにかすりゃいいな」

「あ、忘れもんや。ちょっと待て」

俺は、洗面所へ行こうとしていた篤臣の手首を摑み、引き留めた。篤臣の奴、気が急《せ》くらしく、苛《いら》ついた顔で俺を睨む。

「なんだよ。まだなんか着んのか？」

「こっちには、花嫁が身につけると幸運を招くっちゅうアイテムが、三つあるらしいんや。

『サムシング・オールド、サムシング・ニュー、サムシング・ブルー』ってな。つまり、なんか古いもんと新しいもんと、青いもんやな」

軽く首を傾《かし》げて聞いていた篤臣の眉間に、キリリと縦皺が寄る。

「お前、あくまでも俺のほうを嫁にする気か！」

「せやかて、リハでも俺が旦那《だんな》役やったやないか。お前、文句言わんかったやろ？」

「牧師さんの前で、グタグタ揉《も》めたらみっともないと思ったからだ！　だいたい、男同士なんだから、どっちも旦那でいいじゃねえかよ」

「それやったら、式の段取りが上手いことといかへんやろ。誓いの言葉も指輪の交換も、二人で同時にやるんか？　無理やろが。……な、いつも抱くんは俺のほうやし、ここはひとつ、折れて嫁役に甘んじとけや」

「て……てめえが折れたっていいだろうが、たまにはッ」

「たまには抱かせろってか？」

「馬鹿野郎！　そんなナマっぽい話を今してんじゃねえ！　そうじゃなくて、花婿役が俺で、お前が嫁でも、別にいいだろって言ってんだ。どうせ形だけなんだし、タッパは同じくらいあるんだし」

「……また別の機会にな。それより、お前にプレゼントがあるんや」

俺は宥《なだ》めるように篤臣の頭をポンポンと叩き、ベッドの下から、大きくて平たい紙箱を取り出した。蓋《ふた》を開けて、中身を篤臣に見せる。

篤臣は、眉をひそめたまま、俺の顔を見た。

「なんだよ、これ」

「見てのとおりや」

「見てのとおりって……ま、まさかこれを……俺に持てってのかよ！」

「そうやで。さっき言うたやろ。なんか新しいもんと古いもんと、青いもん」

そう言いながら、俺は箱の中身を取り出し、篤臣の手に無理やり握らせた。

近所の花屋に頼んで作ってもらった、スズランだけを二百本、ラフィアと細いブルーのリボンで束ねた、小さなブーケ。

「俺のんも、お揃《そろ》いで作ってもろたんや」

同じくスズランで作ったブートニアをかざして俺がそう言うと、篤臣は右手に扇子、左手にブーケを握りしめて、爆発寸前の顔で俺を睨んだ。優しい篤臣が、小さくて可憐な花を床に叩きつけられるはずなどない。そういう俺の計算は、見事に的中したらしい。

「……てめえ……。やっとドレスを諦めたと思ったら……」

「ブーケくらいええやろ。それくらい地味やったら、着物にも合うし。……スズラン、嫌いか？　俺のいちばん好きな花やねんけど。ええ匂《にお》いやで」

「き、嫌いじゃ……ねえけど」

篤臣は、まだ怖い顔でブーケを顔の前まで持ってきて、それでも興味があるらしく、ウサギのような仕草で匂いを嗅《か》いだ。

「あ、ホントだ。いい匂いがするな。……って江南。新しいのは花で、青いのはリボンで……古いのはどこにあんだよ？」

「そのリボンや」

俺はそう言って、篤臣の手の中のブーケに、指先で触れた。

「リボン？」

「それな、小学生の頃、運動会の徒競走でもらったメダルについとったリボンやねん」

「……徒競走？」

「ああ。色あせて水色になってしもたけど、ホンマは紺色やったんや。せやけどまあ、古くて青いもんやろ」

「……まあ、な」

「俺なりに大事にしとったもんやし、お前に持たせるのに、そのへんで無理やり買うた『青いもん』よりは、ええような気がした」

「物持ちのいい奴。そんなメダルまで、アメリカに持ってきてたのかよ」

「お守りやからな」

「けっ。俺には、余計なものを持ってくるなって言ったくせに」

篤臣は怒ったようにそう吐き捨て、ドカドカとバスルームへ行ってしまった。だが、その手にはしっかりと、スズランのブーケが握られている。どうやら、俺の気持ちは伝わったらしい。

俺は笑いながら、自分の胸元を飾るためのブートニアを、顔に近づけた。青くさいような甘いような、独特の匂いが鼻をくすぐる。

ドレスは断念したが、篤臣にウエディングブーケを持たせることには、どうやら成功したようだ。俺は、口笛でも吹きたい気分で、再びジャケットに袖を通した……。

それから十数分後。いくらなんでも、そろそろ出発しなくては遅刻してしまう。俺は、篤臣がバスルームから戻ってくるのを待って、ベッドから立ち上がった。

「おい、もう行かんと間に合わんぞ。エンジンかけてくるから、戸締まり……ああ、篤臣！足袋《たび》忘れとる。応援団やあるまいし、裸足で行く気か」

「あ、ホントだ」

篤臣はぎこちない動作でベッドに腰を下ろし、真新しい白足袋に足を突っ込む。それを見届けて、俺は外に出た。

自動車のエンジンをかけ、腕時計に視線を落とす。午後〇時十五分。ギリギリ間に合うかどうかという時刻だ。

ジャケットに袖を通し、胸元に差したブートニアの位置などを直していると、あたふたと雪駄《せった》を履いた篤臣が走ってきた。

いかにもアメリカらしい赤い屋根と緑の芝生が並ぶこの一角に、篤臣の羽織袴姿はマンガのように滑稽だった。隣家の子供たちが、窓に三人ズラリと並んで、面白そうに俺たちを見ている。いったい、どこの仮装パーティに出かけるのかと思っていることだろう。

「お待たせっ。さあ、行こうぜ」

そう言って、篤臣は勢いよく車の助手席に乗り込んだ。着物の着付けが崩れないかと、俺は気が気でない心持ちで、それでも素早く運転席に乗り込んだ。約束の時間に遅れて、式が中止になったら、それこそ笑えない事態になってしまう。

「行くか」

俺は、こっちに来てからの愛車、ローバーミニのアクセルを踏み込んだ。大型車ばかりが横行するこのアメリカにあって、ローバーミニはまるで玩具《おもちゃ》のように頼りなく見える。だが、小回りが利いて、どこにでも停車できて、俺と篤臣ふたりだけの生活にはぴったりだ。俺たちは中古で安く買ったこの青い車が気に入っていた。

「なあ、間に合うかな」

「渋滞がなかったら、大丈夫やろ」

「そっか。あ、余裕ありそうだったら、途中でドライブスルー寄らねえか？　マックかどっか……」


篤臣がそんなことを言い出したので、俺は慌てて制止した。

「アホ、そんなん食うて、一張羅汚したらどないすんねん。式が終わるまで我慢せえや」

助手席で律儀に安全ベルトをした篤臣は、プウッと頬を膨らませ、不満げに言った。

「だってよう。起きてから何も食ってねえじゃん。腹減った。低血糖発作で、教会でぶっ倒れたら困るだろ？」

「朝飯食われへんかったんは、お前が寝汚くベッドに張りついとったからやろうが」

「そうだけどよう。マジ腹減ったんだよ。このままじゃ、絶対暴れる。倒れる！」

篤臣が空腹だと機嫌が悪くなることは、学生時代からよく知っている。俺は仕方なく、途中でマクドナルドに立ち寄り、ドライブスルーでハンバーガー二つとチョコレートシェイクを二つ買い込んだ。ポテトだのなんだの、とにかく直接手に触れるものなんか食わせたら、絶対に着物で手を拭《ふ》くに違いない。だから、その二品でともかく黙らせることにしたのだ。

「ちぇっ。これだけかよ、ケチ。ケチケチケチ！」

篤臣は悪態をつきながらも、俺がシェイクだけでいいと言うと、素早くハンバーガーを二つ平らげ、ずるずるとシェイクを飲んで、けっこう上機嫌にしていた。

その隙《すき》に俺は、かなり無茶なスピードで道路を突っ走った。どう考えても、のんびり車を走らせていたのでは、式に遅刻しそうだったのだ。

幸い、パトロールカーに追いかけられることもなく、俺たちは教会の裏庭に車を停めた。

暇を持て余していたのか、あるいは俺たちが来るのを待ち侘《わ》びていたのか、牧師は、教会の裏口に立っていた。

「すみません、遅くなりました」

俺が詫《わ》びると、もう礼服に着替えた牧師は、笑ってかぶりを振った。

「まだ時間前ですよ。ですが、こちらの準備はもうできています。そちらがよろしければ、すぐ始めますか？」

俺は、助手席から降りた篤臣を振り返った。どうやら、車の中で食べこぼしも着崩れもしなかったらしい。

篤臣の手にしっかりと握られた小さなブーケを見て、牧師は微笑《ほほえ》んだ。

「綺麗なブーケですね。それに、彼のキモノも素敵だ」

「それはどうも」

「キモノは日本の花嫁衣装と聞きましたが？」

「そ……それは」

牧師の声はあまり大きくなくて、篤臣には聞き取れなかったらしい。俺は素早く振り向き、自分をパタパタ扇いでいる篤臣を見て、ホッと胸を撫で下ろした。万一「花嫁衣装」なんて言葉を聞き取ろうものなら、篤臣は今すぐ着物を脱ぐと暴れ出しかねないからだ。

俺は適当に牧師と世間話をしながら、教会の中へ入った。篤臣は、キョロキョロしながら、あとをついてくる。

礼拝堂に入ると、牧師はスタスタと歩いて祭壇の前まで行き、

「では、始めましょうか」

と言った。それが、実際に式のスタートの言葉である。

法律に則《のっと》った結婚と違い、ブレッシング・スタイルの挙式なので、立会人もいなければ、「新婦入場」もない。俺たちが要《い》らないと言ったのでオルガニストもなしの、ごくごくシンプルな式だ。

おかげで、なんだか最初から気抜けしたような感じだった。これなら、昨日のリハーサルのときのほうが、よほど緊張していたくらいだ。

「おい。……せめて、音楽くらい頼んどいたほうがよかったな。なんか、すげえ適当な感じしねえか」

俺の左に立った篤臣が、そっと耳打ちしてきた。どうも、同じことを考えていたらしい。

「確かにな。けど、『結婚行進曲』なんか弾かれたら、恥ずかしくて倒れそうやって言うたんは、お前やぞ、篤臣」

「そうだけどよ……なんかホラ、ほかのかっこいい曲でも弾いてもらえばよかったかも」

「かっこええ曲ってなんやねん」

「んー。『インディ・ジョーンズ』とか？」

「アホ。お前、どこに探検に行く気や」

「じゃあ、『未知との遭遇』とか。それなら、まるっきり外れでもないだろ?」

「……まあ、な。せやけどもう遅い。このまま行かんとしゃーないやろが」

「おう」

どう考えても、結婚式に臨む二人の会話ではないが、仕方がない。俺たちは、せめて自分たちだけでも緊張感を持って式を行うべく、背筋を伸ばし、祭壇に向いて立った。

牧師はじつにリラックスしているように見えた。きっと、星の数ほど結婚式を執り行ってきたのだろう。確かに、プロがいちいち緊張していては話にならない。だが、リハーサルのときとまったく態度が違わないというのも……日本の仰々しいチャペル式結婚式を見慣れている俺には、かえって不気味に思われた。

牧師は、早速聖書を読み上げ、説教を始めた。どうも、これはリーガルだろうがブレッシングだろうが、省略不可の大事なパートらしい。

俺たちが二人ともキリスト教徒でないことを知っているからか、昨日のリハーサルで、篤臣がまだまだ英語に堪能《たんのう》でないことに気づいたからか、牧師はゆっくりと噛んで含めるように話してくれる。

引用されたのは、「コリント人への第一の手紙」の「愛」についての一節だ。

愛は忍耐強く、情け深い。嫉《ねた》むことなく、自慢せず、驕《おご》らない。

愛は礼節を守り、利己的にならず、苛立たず、怨みを抱かない。
愛は邪悪なものを嫌い、真実を喜ぶ。
愛は決して諦めず、その信頼と希望と忍耐は決して失われない。
愛は永遠に続く。
信仰と、希望と、愛。この三つのものは、永遠に残る。その中で最も大いなるものは、愛である。

歯切れよく、一語一語区切って読み上げてくれたおかげで、篤臣にも牧師の言うことがハッキリと理解できたらしい。俺のほうをチラリと見て、やけに照れくさそうな笑みを浮かべた。俺も、軽く眉を上げることで、それに応《こた》える。

幼稚園が教会付属だったせいで、俺自身はキリスト教徒にはならなかったものの、聖書はひととおり読んだことがある。聖書自体にはあちこち俺的に理不尽に感じられることが書いてあって、今ひとつ人生の指針にはできないのだが……まあ、こうやって抜き出されたものを聞くと、神様もわりにいいことを言っているような気がする。

年齢に似合わず渋い声の持ち主である牧師は、聖書を閉じると、俺たちの顔を交互に見ながら、彼の信者に起きた愛のエピソードを語り始める。やれやれ、ありがたくも退屈な説教だ。今から結婚生活の危機管理について語られても、余計なお世話としか言いようがない。

俺はそれでも神妙な顔で頭を垂れて聞いていたが、篤臣は、いかにも欠伸を嚙み殺していることが明らかな、奇妙な表情をしていた。

説教が終わると、牧師はにこやかに次の儀式を始めた。結婚の誓約である。日本の結婚式でもお馴染《なじ》みの、「アナタハァ……（中略）、チカイマスカァ？」というやつだ。

英語でのやりとりではあるが、このときは、こちらが言わなくてはならないのは「誓います」つまり「アイ　ドゥ」だけなので楽である。……ただ、そう言ってもらわないと式を中断するはめになるので、俺は自分の誓いを済ませた後、密《ひそ》かに心拍数を上げながら、篤臣の様子を見守った。

どうやら、ようやく篤臣の奴、緊張してきたらしい。ごく真面目《まじめ》な顔で、牧師の言葉に耳を傾けている。震えがちな声ではあったが、ハッキリと「アイ　ドゥ」と言ってくれて、俺はホッと胸を撫で下ろした。

だが。次は、二つある大きな山の一つ、「誓いの言葉」である。英語では「Ｖｏｗ」という簡単な単語一つで表現されるこの儀式は、俺たちが神様の前で、お互いと結婚することを宣言し合うというものだ。

その誓いの言葉は自分たちで作っても、牧師に作ってもらっても……つまり、お決まりのやつを使っても、どちらでもかまわない。が、牧師が見せてくれたテストパターンには、「死が二人を分かつまで」という一節があり、それがどうにも俺には気に入らなかった。それではまるで、「死んだあとはお役御免」みたいで冷淡な印象がする……のは俺だけなのだろうか。

おまけに、どう考えても、出来合いの誓いの言葉は篤臣にはややこしすぎて、スムーズに読めるとはとても思えない。それで俺たちは、まず日本語でシンプルな誓いの言葉を考え、それをできるだけ簡単な英語に直すという作業に、先週の日曜日をほとんど丸ごと費やしたのだ。

昨日のリハーサル前に、篤臣にはカンニングペーパーを渡してある。リハーサルのときは、つかえながらもきちんと読めていたので、本番も大丈夫だろう……と思っていた、そのとき。

「やば……。忘れた」

篤臣の呟《つぶや》きが耳に飛び込んできた。ざばざばと音を立てて、血の気が引いたのがわかる。

「なんやて⁉」

「カンペ、持ってくるの忘れた。どうしよう、江南」

「どうしようて、ここまできてお前……」

「だって忘れちまったんだよ」

「まさか、誓いの言葉、覚えてへんよな？」

「あんなややこしい英語、覚えられるわけねえだろ！」

自分が忘れたくせに、篤臣は半ば癇癪《かんしゃく》を起こしてしまっていた。俺とて、こいつがあんな文章を暗記するほど律儀でないことはよく知っている。

俺たちがヒソヒソ揉めているのに気づいて、牧師は訝《いぶか》しげにどうしたのかと訊ねてきた。

俺が事情を話すと、彼は笑って「問題ありません」と言った。

「神の前で誓いを立てることが大切なのです。あなたの宣誓さえ英語でやっていただければ、わたしは意味を理解することができます。彼の宣誓は、同じ内容を日本語でやっていただいてけっこうですよ。……日本語なら、言えますか？」

それを聞いて、篤臣はあからさまに安心した顔つきで、大きく頷いた。

「なあおい、俺だけ日本語でいいってよ。へへ、言ってみるもんだな。得しちまった」

「喜ぶなアホ。ホンマに覚えてるんやろうな？」

「だって、最初にお前と作った日本語の原稿のとおりでいいんだろ？　あれだったら覚えてるよ。俺だって、真剣に考えたからな」

「……そらよかったな」

顔を緩める篤臣を睨み、俺は小さく咳払《せきばら》いした。そして、辞書と首っ引きで考えたの誓いの言葉を、向かい合った篤臣の目をジッと見て言った。無論、英語でだ。

むず痒さを堪えるような表情で聞いていた篤臣は、俺に目で促され、ええとー、と呑気《のんき》な声をあげつつも、なんとか誓いの言葉をスタートさせた。

「俺、永福《えいふく》篤臣は、な、汝《なんじ》、江南耕介《こうすけ》を、結婚における……ええとなんだっけ。そうそう、伴侶《はんりょ》とする」

えへへ、と照れ笑いして俺を見た篤臣は、俺と牧師の両方から睨まれ、亀のように首を縮こまらせた。俺は、真面目にやらんかい、と視線で凄みつつ、顎をしゃくって先を促す。

こいつがこんなにはにかむ質《たち》だとは知らなかった。篤臣は、顔を真っ赤にしつつ、少しだけ上目遣いに俺を見て、言葉を継いだ。

「今日からずっと……その、最悪なときも、最高なときも、嬉しいときも、悲しいときも、元気なときも、へこんだときも……死んで一度は別れたとしても、あっちの世界で必ずまたお前を捜しあててみせる。……ずっと、一緒にいるって誓う」

今度は一息にそれだけ言いきって、篤臣は、ふうっと大きな息をついた。

先週二人で考えた誓いの言葉が、やけにエモーショナルな言葉にアレンジされていたような気もするが、そのせいで余計に篤臣の気持ちが伝わってきて、俺の胸を熱くした。俺が笑いかけてやると、篤臣はようやく少し笑みを浮かべた。

「よい宣誓だったようですね」

牧師は、俺を見てそう言った。俺が頷くと、彼も頷き返し、そして、昨日用意しておいたリングピローを手に取った。

「恥ずかしいから、そんなもん買うな！　指輪なんて、粘土にでも差しときゃいいだろ！」

そう言って篤臣は嫌がったのだが、俺がわざわざデパートのブライダル用品売り場で買ってきた、水色のサテンでできた……有り体に言えば、小さな座布団である。切れ込みが二つあって、そこに結婚指輪を差し込み、それぞれ細いリボンでピローから落ちないように結わえておくという仕組みだ。

「では、指輪の誓いを」

牧師に促され、俺は篤臣の指輪を受け取り、篤臣の左手を取った。篤臣の手は驚くほど熱くて、うっすら汗ばんでいた。どうやら、ふざけてみせていても、ガチガチに緊張しているようだ。

そんなふうに篤臣を冷静に分析している俺のほうも、実を言えば人生最大の緊張の中にあった。気づけば、指輪を摘んだ手が、どうしようもなく震えているのだ。初めてオペに入って教授にメスを持たせてもらったときも、ここまでではなかった。

まったく、なんてことだ。

無論、篤臣の左手を取ったほうの手も、小刻みに震えていて、それに気がついた篤臣は、驚いてパチパチと瞬《まばた》きした。

やれやれ。結婚しようと言い出したのは俺なのに、いざ「契約の印」である指輪を交換する段になって、俺はビビっているらしい。

触れ合った手から、俺の心が伝わってしまったのだろうか。篤臣はちょっと不安げな眼差《まなざ》しで俺を見た。

「まさか、今さら後悔してんのか？」

篤臣の茶色い両目が、俺の大脳の中身でも解読しようとするかのごとく、じっと顔を覗き込んでくる。

「アホ。違うわい」

俺は、苦笑いしてかぶりを振った。

「じゃあ、なんで震えてんだよお前」

「……厳かな気持ちっちゅうのになっとるだけや」

「ちぇっ、なんだよそれ」

「やかましい。黙っとれ」

後悔しているわけじゃない。それこそ、神かけて誓う。

ただ、篤臣と違って、俺は本当に長い年月、篤臣だけを見つめてきたのだ。

一時は、一生自分の想いを伝えることも、伝わることもないだろうと諦めた。だが、箱根での悪夢のような一夜と、その後の、俺がエイズ感染の危機にさらされるというアクシデントを通して、篤臣は俺の気持ちを、身体ごと受け入れてくれた。

それは、俺にとっては人生に二度とない奇跡に思われた。

だが、人間というものは恐ろしいもので、俺はいつしか、篤臣が傍《そば》にいてくれることを当たり前のように思っていて……。そして、つまらないいざこざで、篤臣を失いかけた。

二度までも、篤臣の心と身体の両方をこっぴどく傷つけて、俺は自分が最低な人間だと思い知らされた。奇跡は一度きり起こるから奇跡と呼ばれるのだ。二度めはない。もう、俺は篤臣を永久に失って生きていくのだ、それが感謝だとか思いやりだとか、そういう人間としてとても大切な気持ちを忘れた自分への罰なのだと思っていた。

だが、篤臣は結局、二度までも俺を許してくれた。それどころか、もう一度俺と一緒に暮らすことを選択し、退職してまでアメリカへともに来てくれた。

そんな優しい篤臣に、せめて俺が篤臣と一生一緒に暮らすのだという決意をハッキリと示したくて。愚かな俺には、そのくらいしか思いつけなくて、こうして教会で結婚式を挙げることにしたのだ。

そして今、俺はこの指輪に……ちっぽけなプラチナの細い輪一つに、俺の心を託そうとしているのだ。

“With this ring, I thee wed.”（この指輪をもって、我は汝と結婚する）

俺はゆっくりとそう言いながら、震える手で、篤臣の左の薬指になんとか指輪を押し込んだ。篤臣は、初めて首輪を嵌《は》められた子犬のような顔つきで、小首を傾げて自分の薬指を見ている。

「この指輪は、俺の心そのものやで」

篤臣にしか聞こえない声で、俺は低く囁いた。

一生、お前が俺の心の所有者だ、俺はこの先ずっと、お前しか見ないのだ……と。

篤臣の頬に、みるみる赤みが差していく。耳から入った俺の言葉が、ジワジワと神経を伝わっているのだろう。

「ば……っか野郎、余計なこと言ってんじゃねえよ」

篤臣は乱暴に俺の手を振り払うと、扇子を後ろに放り投げ、ブーケを小脇《こわき》に挟んで、俺の左手首をグイと摑んだ。静脈血が鬱滞《うったい》して、俺の手のひらが赤くなるほどの力で。

同じ文句を怒鳴るように……おそらく牧師には理解できないくらい素晴らしい日本風発音で言って、篤臣は乱暴に、俺の薬指にも指輪を嵌めた。いや、ねじ込んだというほうが表現としては正しい。関節の太いところが、指輪の摩擦でヒリヒリした。

篤臣は手を離す直前に、俺を睨みつけ、ボソリと言った。

「……腹括《くく》ってんのは、何もお前だけじゃねえんだからな！」

「……え？」

思わず聞き返した俺に、篤臣は相変わらず怒った口調で、早口に言った。

「だから！　俺だっていい加減な気持ちで、指輪受け取ったわけでも、お前に嵌めたわけでもねえ。俺だって……その、お前と同じ気持ちなんだからな！　ちゃんとわかっとけ」

「……篤臣……」

不意打ちの心臓直撃台詞《せりふ》に、俺は思わず呆《ほう》けたような顔つきになっていたのだろう。篤臣は、赤らんだ顔のまま、俺の手を投げ捨てるように解放し、プイと顔を背けてしまった。

俺は感動のあまり、篤臣の両肩に手をかけた。ギョッとしたように、篤臣がこちらに向き直る。

「お、おい江南……」

「篤臣。お前、なんちゅう嬉しいことを……」

どうせ、次のステップは「誓いのキス」と相場が決まっている。このままスムースな移行を……と俺が顔を近づけると、篤臣はさっき指輪を嵌めたばかりの手で、俺の胸をぐいと突いた。

「ちょっと待てってバカ！　まだそん……」

「ええやないか。俺は今したいんや！」

「やめろって……」

ゴホン！

大きな咳払いのしたほうを見ると、牧師が笑いを嚙み殺したような、奇妙な表情で俺たちを見ていた。

「……何か？」

俺が篤臣の両肩を摑んだまま訊ねると、牧師はゴフゴフとわざとらしい咳払いを繰り返し、口元を片手で覆った。どうやら、表情を取り繕う時間を稼いでいるらしい。

手のひらが取りのけられたとき、牧師の顔は、聖職者特有の厳かなそれに戻っていた。

「いけませんよ、ミスター・エナミ」

気障なアクションでちっちっち……とやらないところはさすが牧師だ。小学校の先生が生徒に対するときのような調子で、牧師は俺をたしなめた。

「結婚式における『誓いのキス』は、神の前で行う神聖な儀式です。おのれの肉欲に従って行ってはいけません。欲望と愛とは異なるものなのですよ」

聖職者というのは、どうしてこう「肉欲」だの「欲望」だのと、やけに生々しい言葉を使うのだろう。しかも、ハキハキと爽《さわ》やかに。たかがキス一つで、「お前はケダモノだ」と言われているような気がして、どうにも居心地が悪い。

「ほらみろ、怒られたじゃねえか」

篤臣は嬉しげにニャニャしながら俺を小突くし、牧師は改心を求める眼差しで俺を見ているし、俺は仕方なく篤臣から手を離した。

「……う……し、失礼しました」

途端に、牧師はにっこりと微笑み、

「けっこうです」

としたり顔で頷いた。そして、あらためて厳かにこう言った。

「では、神の前で、永遠の愛と貞節を誓い、キスを交わしてください」

「……なんや、結局するんやないか」

「そういう問題じゃねえだろ」

不服そうな俺の口ぶりに、篤臣はクスッと笑い、それから急に慌てたようにあたりをキョロキョロと見回した。礼拝堂に、俺たち以外誰もいないことを確かめたらしい。

それから篤臣は、早口に囁いた。

「おい、とっととやれよ」

「ああ?」

「誰か入ってきたら、ホントにバカみてえだろ。さっさとやっちまおうぜ」

どうやら、いざ実際にキスする段になって、今度は激烈に照れてきたらしい。せっかく元の顔色に戻っていた篤臣の頬は、完熟トマトくらいの赤さに戻ってしまっている。

「何言うてんねん。こういうことは落ち着いてやらんとな」

「落ち着いてる場合じゃねえって。ほら、早く！」

よほど焦っているのか、篤臣は自分から顎をぐいと上げ、俺を促した。右手に持ったくだんのブーケは、握りつぶされそうになっている。指輪を嵌めた左手は、爪が手のひらに食い込むほど固く、握りしめられていた。

ふと異様な物音に下を見れば、雪駄の足が、袴の下でジタジタと足踏みしている。

「しゃーないな。雰囲気もクソもないやっちゃ」

俺は仕方なく、篤臣に顔を斜めに近づけた。しかし、至近距離で篤臣にざっくりと釘《くぎ》を差される。

「おい。調子に乗って、ディープキスなんかすんなよ」

こざかしい奴だ。どうして俺の企みに気づいたのだろう。

だが俺は、図星であることを表情から気づかれないように、篤臣の両の上瞼《うわまぶた》を左手の人差し指と中指で軽く押さえ、その咎《とが》めるような目を無理やり閉じさせた。

「目ぇつぶっとけ。ジトジト見られたままやったら、いつになってもできへんやろが」

「お前が警戒させるからだろ。だいたい……うぷっ」

素直に目は閉じたものの、篤臣はまだまだ文句を言いそうな雰囲気だ。俺は焦《じ》れて、パクパクと忙しく動く篤臣の唇を、ホッチキスで止めるように挟み込んでしまった。

「もうけっこうですよ、お二人とも。主は、あなた方の誓いの強さを十分にお認めになったことでしょう」

ディープキスこそしなかったが、俺は牧師が慇懃《いんぎん》な台詞で中断を要請するまで、延々と篤臣の言葉を自分の唇で封じていた。一分は余裕で続けていただろう。

俺が唇を離すと、篤臣はよほど息苦しかったのか、荒い息をして、唇を着物の袖でグイと拭いた。凶悪な顔で俺を睨みつつ、すう、と息を大きく吸い込む。

だが篤臣が罵倒《ばとう》の言葉を俺に浴びせかける前に、牧師が絶妙のタイミングで再び口を開いた。

「では、これであなた方は主の前に、聖なる絆を結んだことになります」

さすが聖職者。篤臣がキレる間合いを、この二日で完璧に把握してしまったらしい。式の終わりを告げる厳かな声に、さすがの篤臣も口元までこみ上げた声をぐっと飲み下す。

俺たちは、牧師のほうへ身体を向け、真っすぐに立った。

リハーサルのとき、篤臣が俺の腕に自分の腕を絡めるという行為をきっぱりと拒否したので(どうやら、よほど『花嫁くさい』動作がお気に召さないらしい)、俺は篤臣の手をギュッと握る。しばらく躊躇《ためら》ったあと、篤臣も、強く握り返してきた。

これで、すべての儀式を済ませたことになる。本当ならば、式の途中で結婚証明書にサインするところなのだが、

「他人に紙切れで証明してもらう結婚なんて、つまんねえ」

という篤臣の明快なコメントに俺もまったく同感だったので、省略してもらうことにした。

どうせ、最初から法的にはなんの効力も持たない結婚だ。目に見えない神様とやらが、ど

こか高いところで俺たちの結婚を見ていてくれるなら、それで十分だと俺は……おそらくは篤臣も思っている。紙切れなど、邪魔になるだけだ。

牧師は、微笑んで俺たちの顔を見てから、こう言った。

「いつまでも今日の日を忘れず、世間の偏見に負けることなく、強い愛を互いに持ち続けてください。残念ながら、この州では法的に認められることはまだありません。ですが、わたしは個人的にあなた方の結婚は、あなた方の行く末に幸多かれと祈ります」

なかなかクールな締めの言葉だった。オルガン演奏もライスシャワーも何もないので、俺たちの結婚式は、それで終了。牧師に礼を言い、俺たちはそのまま、裏口から教会を出た。べつに表から出てもよかったのだが、裏口のほうが駐車場に近かった、それだけの理由だ。

「はー、終わった終わった！」

篤臣は、右手にブーケを持ったまま、うーんと大きな伸びをした。その顔がやけに晴れやかで、俺はつい車の横に立ったまま見とれてしまう。

視線を感じたのか、篤臣は身体を伸ばしたまま、首だけをこちらに巡らせる。

「何見てんだよ？」

「べつに。……お前がやけに嬉しそうやったから」

「んー。嬉しいってか、ホッとした。やっぱ緊張するわ、ああいうのって」

「せやな」

「なんだ、お前もかよ。滅茶苦茶《めちゃくちゃ》しやがるから、俺をおちょくって遊んでるのかと思ったぜ」

「アホ。お前をおちょくるために結婚式したんと違うぞ。あれは全部、俺の本気や」

「だとすりゃ、お前の本気は心臓に悪い」

そう言って、篤臣はニッと笑った。俺も笑って、車の鍵《かぎ》を開ける。篤臣は、袴に皺が寄るなんてことは欠片も考えていない動作で、助手席に素早く収まった。

俺も運転席に乗り込み、エンジンをかける。

「さて、帰ってこのきっつい着物をぱっぱーっと脱いじまおうぜ！」

「ムードもへったくれもないやっちゃな」

そう言いながら、俺は未練がましく、これまで何度も繰り返した質問を、もう一度だけぶつけてみた。

「なあ、ホンマに記念写真撮らへんか？　せっかくドレスアップしたっちゅうのに……」

「くどい」

篤臣は、腕組みしてふんぞり返った姿勢で即答した。

「お前の魂胆はミエミエなんだよ、江南。マジでやる気だろ、『結婚しました葉書』。ぜって ー写真なんか撮らないからな」

「う……疑り深いやっちゃな」

「長いつきあいだぜ。お前のやりそうなことは予測済みだっての。ほら、さっさと車出せよ。早く帰りてえよ、俺」

「わかったわかった」

俺はアクセルを踏み込んだ。砂利敷きの駐車場から、ローバーミニはガタガタと身を震わせつつ、道路に出ていく。

窓から外を見たままの姿勢で、篤臣はからかうような口調で言った。

「今、お前の考えてること当ててやろうか、江南」

「なんや？　言うてみ」

俺は、ハンドルを切りながら、軽い調子で訊ねた。篤臣は、得意げにこう言った。

「本当は、この車の後ろに空き缶いっぱいつけて、ガランガラン鳴らしながら、町じゅう走ってみたかった。……違うか？」

「あ……アホ、そんなこと考えるかい」

俺は内心の動揺を隠してそう言ったつもりだったのだが、声がどうしようもなくひっくり返っていたらしい。篤臣は、ゲラゲラと笑い出した。

「当たった！　図星だろ。お前の頭ん中、すっげえわかりやすい！」

畜生、どうしてバレたんだろう。そんなことは、一言も言わなかったのに。

だが実際、外国の映画で見る「ＪＵＳＴ　ＭＡＲＲＩＥＤ」とボンネットに書いて花で飾り立て、後ろに空き缶をたくさん引きずってクラクションを鳴らしながら町をパレードする白い自動車。俺は子供の頃から、あれに心密かに憧《あこが》れていたのだ。

ただ、どうせ篤臣に言っても、「馬鹿かお前」と一蹴《いっしゅう》されるに決まっている。それで俺は、早々にその夢は諦めたのだ。

だが篤臣の奴、ばっかだなあ、と軽い調子でこう言った。

「やりたきゃ、もっと早く言えばよかったのに」

「何? 言うたらやってもよかったんか!」

しまった。つい勢い込んでそう言ってしまってから、それが篤臣の罠《わな》であることに気づき、俺は片手で口を塞《ふさ》いだ。が、もう後の祭りだ。篤臣はニヤニヤして「やっぱりな」と言った。

「冗談に決まってんだろ。そんなことするって言ったら、結婚式自体、握りつぶしてたぜ」

「……そうやろうな」

俺の落胆ぶりに、篤臣は少しだけ罪の意識を覚えたらしく、俺の肩をポンと叩いてこんなことを言った。

「ま、気にすんな。身の丈って言葉もあんだろ」

「身の丈?」

「そ。オルガンも立会人もないあっさりしすぎるくらいの式だったけど、お互い好きにドレスアップしてさ、お前の買ってきたこの指輪もけっこうセンスいいしさ、そのう……このブーケも、ま、悪くはねえし」

最後のほうはモゴモゴと消え入るように言いながら、篤臣は照れくさそうに、手の中の小さなブーケをいじる。

「お前は派手好きかもしれねえけど、俺は違う。俺は、シンプルな式が挙げられて、満足してる」

「それが、お前の言う『身の丈』なんか？　何もかもを『二人きりサイズ』でこっそり済ませたことがか？」

信号待ちの間に、俺は篤臣のほうを見て訊ねてみた。篤臣は、俯《うつむ》いてブーケを見つめたまま、小さくかぶりを振る。

「勘違いすんなよ。世間の人に俺たちのこと知られるのを、怖がってるわけじゃねえ。べつに恥じることも、隠すこともないと思ってる」

「せやったら……」

「俺は、お前とはいつだって『普通』でいたいんだ。変に張り切ったり、頑張りすぎたり、むやみやたらと挑戦的になったり……そんなのは、嫌なんだ。だって、そんなふうにしたら、疲れちまうだろ？」

「……ああ」

俺は再びアクセルを踏み込みながら、頷く。篤臣は、珍しいくらいしんみりした口調で続けた。

「俺の言う『身の丈』ってのは、俺たちが等身大の自分でいられるって意味だ。お互いの心が本物だって神様の前で誓うのに、馬鹿騒ぎはいらねえ」

「篤臣……」

「あのさ、ホントは、俺があれは嫌だ、これは嫌だって言うたびに、お前がこっそりへこんでるの知ってたんだ。悪い。けど、今度のことだけは、俺のワガママ通したかったんだよ。よけいなもの全部そぎ落として、俺たちの身体二つだけでやりたかったんだ、結婚式」

「…………」

きっと俺は、鏡があれば猛烈な自己嫌悪に陥るくらい、間抜けな顔をしていたと思う。表情を取り繕うこともできないほど、俺は驚いていたのだ。

てっきり、篤臣の「嫌だ嫌だ攻撃」は、奴の照れ性のせいだとばかり思っていた。ここまで深く、篤臣が今日のことを真剣に、大切に考えていてくれたなんて、俺は少しも知らなかったのだ。

「江南がさ、せっかく式挙げるんだから、今夜はホテルにでも泊まってみるかって言ってくれたときも、俺、ヤダとしか言わなかったけど……」

「けど？」

「贅沢《ぜいたく》が嫌だとかじゃなくてさ、ただ、式のあと、二人で『俺たちの家』に帰りたい……そう思っただけなんだ。俺がいつもよりちょっとだけリッチな晩飯作ってさ、ワインとか開けちゃったりして。俺は、そういうのが好きなんだ。結局んとこ、それが俺なりの、『男のロマン』なのかもな」

タキシードの袖を軽く引っ張り、篤臣は、ちょっと不安げな声で俺に訊ねてきた。

「なあ、気ぃ悪くしたか？　俺、お前の気持ち、無視したわけじゃないってことは……」

「わかっとる」

俺は篤臣の言葉を遮り、ハンドルから離した片手で、篤臣の頭をクシャリと撫でた。

「せやな。俺がアホやったな。お前に俺がどんだけ結婚式のこと嬉しく思ってるか知ってほしくて、あれもしようこれもしようって張り切りすぎとった」

「おう。知ってるぜ、ちゃんと」

篤臣は笑って頷き、手の中のブーケを軽く差し上げた。

「だから、このブーケはおとなしく受け取ったろ？　花嫁の持ち物ってのは気にくわないけど、お前の気持ちが束ねられてるもんだって……そう思ったから」

「篤臣……。ありがとうな」

「ああ？」

「ありがとうは、俺もだよ。……なあ、江南」

「その……ま、美卯《みう》さんくらいには、結婚式やったってこと、手紙で知らせたっていいよな」

「おう。俺あんまり手紙て得意やないけど、二人で少しずつ書くか」

「うん」

篤臣は、やけに幸せそうに頷く。ひとりっ子の篤臣にとっては、美卯さんは姉のような存在なのだろう。俺は、そんな篤臣をからかってみた。

「そういや、もうひとり、結婚を知らせといたほうがええ奴がおるんと違うか」

「もうひとり？　誰かいたっけ」

しばらく考えていた篤臣は、「まさか……」と探るような声で言った。

「お、大西《おおにし》?」

「ああ。どんな顔しよるか想像しただけでおもろいやろ」

篤臣はゲラゲラ笑いながら、しかしこう言った。

「あははは、傑作だ。けど、直接あいつの反応を見られないんじゃ、つまんねえからヤダな」

「なるほど。違いないな」

「それよりさ、帰国してから、二人揃って、指輪見せびらかしてやらねえ? じゃーん、とか言って」

「なかなかええ案や。あいつ、どんな顔しよるやろな」

「だろ? 決めた。日本に帰ったら、絶対やる。へへ、楽しみが一つできたぜ」

どうやら篤臣の奴、本気らしい。職場の最高権力者、つまり教授にカミングアウト済みの俺にとっては屁でもないことだが、篤臣は違う。黙ってさえいれば、俺たちのことを秘密にして暮らせるはずだ。

それなのに……。

たわいない冗談に紛らせて、篤臣が自分も今の俺たちの関係を堂々と公表するだけの覚悟があるのだと言ってくれているのだと、いくら鈍感な俺でもわかる。

「……なあ、篤臣」

「なんだよ?」

　だから俺も、軽口を返すことにした。ここで俺がひとりマジになってしまったら、篤臣は恥ずかしくていたたまれなくなるだろうから。

「夕飯、リクエストしてもええんやったら、俺、グラタンが食いたい」

「グラタン？　べつにいいけど、お前のリッチな食事って、グラタンのレベルかよ」

「悪いか。好きなんや。舌焼くほど熱いやつがええな」

「お前、こないだグラタン作ったとき、マジで思いきり舌を火傷《やけど》してたよなあ、そういや」

「今日は、そんなヘマはせえへん」

ちょうど赤信号に差しかかったので、俺は車を停め、篤臣のほうへ身を乗り出した。耳元に息を吹きかけ、囁く。

「今夜はお前の身体じゅう舐《な》め回す予定やからな。舌先焼いとる場合やない」

「…………ば…………ッ！」

言葉の意味が大脳聴覚野に伝わるなり、篤臣は安全ベルトを引きちぎりそうな勢いで暴れ出す。だが、信号が青に変わったので、俺は素知らぬ振りで車を発進させた。

「この、馬鹿ッ！　恥ずかしい台詞ばっかりポンポン言いやがって。何が、な、な、舐め……あああああ、もう知らねえ！　なんで俺ってば、こんな恥ずかしい奴と結婚なんかしちまったんだ畜生！」

ジャパニーズ・キモノ姿で交通事故死体になるのは嫌なのだろう。篤臣は、俺の代わりにダッシュボードをボカボカと殴りながら、あらん限りの罵倒の言葉を並べ立てる。

俺は笑いながら、小さな車を「俺たちの家」へと走らせたのだった……。

＊　　＊

「はー、長い一日だったな」

寝室に入ってくると、篤臣はそう言いながら、ベッドの端に腰を下ろした。バスローブ姿の篤臣は、肩にバスタオルを引っかけている。

「そうか？　式して帰ってきて、メシ食うただけやないか」

「それでも、緊張ばっかしてたから、気疲れした。ついでに、お前がクサイことやしょーもないことばっか言ったりやったりするから、滅茶苦茶疲労した」

そう、さんざん俺を罵《ののし》ったり、結婚は早まったと嘆いたりしながらも、篤臣は俺のリクエストを受け入れ、夕飯にマカロニグラタンを作ってくれた。そして俺は、舌先を熱いホワイトソースで焼くこともなく、パーフェクトな体調でベッドの上にいる。

「そら悪かったな、どうも。……篤臣」

ベッドに入って雑誌を読んでいた俺は、大判の雑誌をサイドテーブルに放り投げ、枕から背中を浮かせた。そのまま、シーツの上を這《は》って、篤臣の隣に座る。

「な、なんだよ」

篤臣は、ギョッとしたように俺の顔を見た。濡《ぬ》れた髪は、肩先にもうすぐ届きそうだ。こっちに来てから、一度もヘアカットに行っていないのだろう。前髪だけは自分で切っているらしく、額には、ギザギザの不揃いな毛束がいくつか垂れている。

俺は黙って、手のひらを丸ごと使い、篤臣の額にかかった前髪を掻《か》き上げた。

「髪、全然拭けてへんぞ」

「だってまだ……あ……」

「こういうとき」にはいつも、俺は篤臣の額にキスすることから始める。だから、今夜もそうだと思ったのだろう。篤臣は、湯上がりの頬をさらに上気させ、少し俯いて目を閉じた。いつの間にか形成された、愛すべき条件反射だ。

だが俺は、今夜に限ってはそうしなかった。白い額を露《あら》わにしてから、今度はうなじに触れてみる。男にしてはわりに細い、綺麗な首筋。湿り気を帯びた肌は、手のひらに吸いつくようだった。

ゴクリと喉《のど》が鳴ったのを、聞かれてしまっただろうか。

本心を言えば、今すぐ篤臣の額にも頬にも首筋にも……唇にもキスして、そのほっそりした身体を、冷たいシーツの上に押し倒してしまいたい。そして、バスローブをむしり取って、宣言どおり、身体じゅう……その、キスするなり、舐め回すなり、とにかくいろいろ不埒《ふらち》なことをしてみたい。

だが、俺はそんな衝動をグッと抑え、篤臣の肩からバスタオルを取り、それを篤臣の頭にフワリと広げた。

「……ん？」

いつになっても俺がキスしないので、篤臣は怪訝《けげん》そうに目を開け、そして自分の頭に手をやった。

「何してんだ、お前？　子供じゃねえんだから、頭くらい自分で拭け……うぷっ」

俺は、篤臣の顔にすっぽり覆い被さるように、バスタオルの端を引っ張る。篤臣は、慌ててそれを払いのけようとしたが、俺は素早く篤臣の手首を掴んで阻止した。

「江南……お前、何してんのホントに」

篤臣は呆れたように、しかし俺の酔狂につきあってくれるつもりになったのか、手から力を抜いた。

俺は、篤臣の手を解放し、その耳元にタオル越しに囁いた。

「花嫁のベールや」

「……何⁉」

語尾が跳ね上がる。俺は、バスタオルの裾を綺麗に広げ、本当にベールのように整えながら言った。

「教会でな。お前にブーケは持たせられたけど、ベールはアカンて言われたやろ？」

「俺は知らねえよ。お前、そんなこと牧師に訊《き》いたのか？」

「おう。リハーサルのときに訊いた」

「どうでもいいけどよ。ってか、そんなの羽織袴で被ったらぜってー妙だから、ダメだって言ってくれてよかったけど。でも、なんでダメなんだ？　やっぱ、俺が嫁じゃないからだろ？」

律儀にバスタオルを被ったまま、しかしどこか得意げに篤臣が訊ねてくる。俺は、にやつく頬を自ら軽く叩きながら答えた。

「いや、嫁云々《うんぬん》はこの際脇に置いてな。男がベール被るんは、とにかくキリスト教的にアカンらしいで」

「だから、なんで？」

まるで小さな子供のように、篤臣は「どうして」を繰り返す。俺はそんな篤臣を可愛く思いつつ、牧師の口調を真似《まね》て教えてやった。

「男は『神の姿と栄光を映す者』ですから、神に祈るとき、決して頭にものを被ってはなりません……なんやて」

「ふうん。そんじゃ、女は？」

「女は、『男の栄光を映す者』だから、女は慎ましく頭にものを被らねばなりません、らしいで」

「なんだよそれ。わけわかんないな。聖書か何かに書いてあんのか？」

「そうやろな」

「つまんねえ。そんなこと言ってもセクハラだって言われねえのか、神様って奴は」

「さあな。とにかく、そういうわけで、嫁役やろうがなんやろうが、お前が男である限り、教会でベールはアカンて言われてん」

「だったらさ、こんな暑苦しいの……」

篤臣はまた湿ったバスタオルをめくり上げようとする。俺は再度それを止め、篤臣の額のあたりに、タオルの上から音を立ててキスした。それだけで、篤臣は動きを止める。

「神様の前でアカンかっても、今は俺ら二人きりやろ。……せやし、やらせてくれや。俺の憧れやったんや」

「何が？」

「嫁さんのベール上げて、キスするんが」

「ばっかだなあ、お前。今日は一日、つまんない憧れだの夢だの、満載じゃねえか」

呆れ返ったようにそう言いながらも、篤臣は座り直して、俺のほうに身体を向けてくれた。

「アホでもつまらんことでも、ガキの頃からの夢やったんや」

「お前さあ、ガキの頃から筋金入りのドリーマーだったんだな」

「ほっとけ。どれもこれも、男のロマンやろが」

「ま、いいや。じゃあ、もっぺん誓いのキスか？」

篤臣は笑いながらそう訊ねてきたが、俺は真面目な顔で頷いた。

「せや。今度は神様やなく、俺に誓え。俺も、お前に誓う」

「何を？」

ストレートに訊いてきやがる。だが、なんといっても今夜は……その、普通の夫婦における「初夜」なのだ。まあその、やるのは初めてでなくても、けじめとして、そうなのだ。

だから、少しくらいロマンチックに決めてみたっていい。そう結論づけた上で、俺は言った。

「永遠の愛……っちゅうやつをやないか」

「………………ぶはははは!!」

予想はしていたが、篤臣の野郎、俺が死ぬ気で言った言葉を、思いきり笑い飛ばしやがった。いや、飛ばしたのはバスタオルで、本人はベッドの上に仰向けに倒れ、ゴキブリのように笑い転げている。

「おい、そこまで笑うことあらへんやろが」

「悪《わり》ぃ……けど、なんか変なツボに入った……ははははは」

篤臣は苦しげに両手を腹に当て、まだ笑っている。俺は、その顔面に、床から拾い上げたバスタオルをバサリとかけた。

「アホ。そんなに可笑《おか》しいんやったら、一晩じゅう笑っとれや」

俺はムッとして、そのまま寝てしまおうとした。だが篤臣は、片手でバスタオルを掴み、もう一方の手で俺のパジャマの背中を掴んで引き留《と》めた。

「お前、短気でしょうがねえなあ」

さっきとはちょっとタイプの違う笑みを浮かべた篤臣は、俺のパジャマを強く引き、笑いすぎて涙ぐんだ目で、俺を見上げた。

「さんざん言ってんだろ。俺はお前と違ってシャイなんだから、こーいう雰囲気苦手なんだって。ちょっとは学習しろよ」

「だってお前。一応、今夜は特別やないか……」

「また、初夜とかなんとか言うつもりだろ、お前。そゆ言葉が、恥ずかしいっての。恥ずかしすぎて、笑うしかねえじゃん」

篤臣は困った笑顔でそう言うと、ガバッと起き上がり、ベッドの上に正座した。そしてもう一度、今度は自分でバスタオルを頭から被った。

「ほら、やるんだろ。俺は花嫁じゃねえけど、まあ、つきあってやってもいいぜ」

「……ほな、ちゃんと誓うんやな？」

「…………おう」

バスタオル越しだと、自分の表情が俺に見えなくて安心なのか、篤臣は躊躇いながらも、こくりと頷いた。

「ほな……」

俺は、同じく正座して向かい合い、深呼吸を一つしてから、バスタオルの裾を両手で摘んで、そっと持ち上げた。篤臣の顔が、白いタオルの下から現れる。

タオルの影が淡く落ちた篤臣の顔は、予想と違って、驚くほど真面目だった。目を伏せた篤臣の、意外なくらい長い睫毛《まつげ》を見ながら、俺はゆっくりと自分の顔を篤臣に近づけた。

「大事にする。約束するからな、篤臣」

囁いてから、ついばむようなキスをして顔を離そうとした。が、今度は篤臣が俺の後頭部に手を当て、俺をつかまえる。

「お前、よっぽど疑り深いのか欲張りなのか知らねえけど、結婚式と指輪だけじゃ、まだ足らねえんだな」

そう言って、篤臣はちょっと笑った。俺の心の底まで見透かすように、俺の目を至近距離から覗き込む。

「ここまで来たら、もう逃がさねえぞ。お前が別れたいっていっても、絶対離れてやらねえからな」

「絶対にか？」

「おうっ。俺が先に死んでも、お前の背中にずーっとぶら下がっててやる。そのくらい離れねえ。覚悟しろよ」

あまりにも篤臣らしい誓いの言葉に、俺の唇は自然に笑みを浮かべてしまう。

「……望むところや」

俺の言葉に、篤臣もニッと笑い返し、そして噛みつくようなキスをしてきた。いつになっても、こいつは自分から仕掛けるキスが下手くそだ。

俺は、そのキスを受け止め、もっと情熱的なキスを何度も何度も繰り返しながら、篤臣を抱いて、ベッドに倒れ込んだ。

俺の身体を受け止め、篤臣は背中に緩く腕を回してくる。

「やるんなら、灯《あか》り……消せよ」

ベッドライトに伸ばそうとした篤臣の左手に自分の手の指を絡めてつかまえ、そのままシーツに縫い止めた。

「おい、江南。悪趣味だぞお前」

篤臣は、不満げに俺の顔を睨んだ。それでも俺は、ライトの淡い光に照らされた篤臣の頬にキスして言った。

「これくらい薄暗いほうが、中途半端にあれこれ見えて、ええ感じやろ」

「中途半端にあれこれって……んっ」

くっきりと浮き上がった鎖骨に軽く歯を立てると、篤臣は首筋を反らして息を詰めた。

バスローブの襟をくつろげ、滑らかな胸に口づけを落とす。ざらりと舌で皮膚を舐めたあと、きつく吸って、赤い痕《あと》をいくつもつける。

「おい……マジ全身にそんなことする気……っ、かよ」

早くも、篤臣の声が少し上擦っている。俺は、目の前の胸の尖りに軽く歯を立て、わざと低い声で言った。

「俺は有言実行の男やぞ。宣言どおり、グラタンで火傷せんかったしな。朝までかけて、全身の皮膚がガビガビするくらい舐め回したるわ」

「げっ。いらねえよ、そんなの。……お前ってなんか、オヤジくさい上にスケベだよな」

後ろから、ゴッンと俺の頭を小突き、篤臣はそんな憎まれ口を叩いた。だがその声も、時々甘く掠《かす》れてしまう。

「オヤジでもスケベでもけっこう。俺はお前が欲しい。それだけや」

「……物好きなこった」

言葉だけは冷たくそう言っていても、篤臣の両手が優しく俺の髪を梳《す》く。そんな、ひねくれているくせに実際は素直なところが、たまらなく愛《いと》おしい。

「せやな。こんな物好きは、世界にひとりで十分や。……二人も三人もおったら、俺の神経が保《も》たん」

直球には直球で応えるのが、俺の主義だ。だが、その夜の篤臣は、本当に……本当に珍しく、俺よりもはるかにストレートだった。

「バカ。何人いたって、俺はお前しか見てねえよ。いい加減わかれ、この鈍感野郎」

「……え?」

ビックリして顔を上げた俺の目に映ったのは、はにかんでいるときに篤臣が見せる、困ったような笑顔だった。

「篤臣……」

「いつまでもウダウダ不安がってんじゃねえって言ってんだ。俺を信じろ」

篤臣の両手が、俺の頭から頬へ滑ってくる。ベチッと、両側からけっこうきつく俺の頬を叩き、篤臣は子供を叱《しか》るような口調で言った。

「俺は……お前を信じてるんだぜ、江南。いろいろあったけど、これからずっと、お前のこと信じてく。だから……っ」

まだ続けようとした篤臣の言葉を、俺はキスで塞《ふさ》いでしまった。もう十分な想いをもらった。これ以上言われたら……嬉しすぎて俺は泣く、そう思ったからだ。

篤臣の唇も、もはや言葉を紡ごうとはしなかった。ただ柔らかく俺の舌を迎え入れ、自分の舌を絡め、そして時々はからかうように軽く歯を立ててくる。

俺たちは、まるで動物の子供がじゃれ合うようなキスを重ねながら、着ていたものを脱ぎ捨て、そして互いの身体を両手で確かめ合った。

言葉はなかった。ただ、唇が離れるわずかな時間に聞こえる、荒々しい呼吸と、切れ切れの喘《あえ》ぎ、それにベッドが軋《きし》む音だけが、寝室に響く。オレンジ色のライトにほの暗く照らされた篤臣の肌は、しっとりと汗に濡れていた。

二人とも、声を堪えることはしなかった。ただ、感じるままに声をあげ、貪欲《どんよく》に互いに喰らいつく。いつもは恥ずかしがって自分から求めることはしない篤臣が、何度も俺の耳元で、「もっと欲しい」とねだった。それも、いつもの素っ気ない奴からは想像もできないような、淫《みだ》らに掠れた声で。

その熱い囁きに煽《あお》られて、俺は求められるまま、ただもうがむしゃらに篤臣を抱き続けた。篤臣は置いていかれまいとするように、俺の背中に両手ですがりつき、きつく爪《つめ》を立てる。その痛みすら、俺を駆り立てる熱に変わっていった。

だが、どんなに激しく突き上げ、抉《えぐ》っても、篤臣の身体はどこか温かく優しく、俺を受け止めた。俺は篤臣を抱きながら、なぜか自分のほうが抱かれているような感覚に襲われた。不思議だが、幸せな気持ちだった。幼い子供の頃、母親に抱きしめられたときのように俺は安心して……そして、篤臣の身体のいちばん深いところで、俺のすべてを解放した……。


今、俺の腕の中で、篤臣は安らかな寝息を立てている。

綺麗好きな篤臣は、いつもは必ずシャワーを浴び、汚れたシーツを取り替えてからでないと眠らない。だが今夜は、そんな余裕などなかったのだろう。互いに何度目だかわからないほど果てた後、酸欠の金魚のような呼吸のまま、二人とも絶え入るように眠りに落ちた。

そして夜明け前、俺が一足先に目を覚ましたというわけだ。

静寂の中、時折飛行機のエンジン音が遠く聞こえる。シアトルは大都市だから、空港は二十四時間眠らず旅人たちを受け入れ続けているのだ。

くしゅん、と篤臣が小さなくしゃみをした。

汗の引いた身体に何もまとわずに眠っていたので、二人とも、触れ合っていない部分の肌がすっかり冷えてしまっている。俺は篤臣を抱きしめたまま、手を伸ばしてくちゃくちゃになった毛布の端を掴み、引き寄せた。

冷たい身体をすっかりくるんでやると、篤臣は小さく呻《うめ》いて身じろぎしたが、目を覚ましはしなかった。もっと温もりを求めるように、俺の首筋に、冷たい鼻先を押しつける。

無防備な、起きているときの世話焼き女房っぷりが信じられないほど子供っぽい寝顔を見ていると、胸に愛おしさがこみ上げた。

きっと朝になって目を覚ました途端に、身体がだるいだのあちこち痛いだの、洗濯物が増えただの腹が減っただの、いつものものすごい勢いでがなり立てるのだろう。そして結局、定番の「全部お前のせいだ」で締め括り、ドカドカと寝室から出ていくのだろう。その光景が目に浮かぶようで、俺は思わず苦笑いしてしまう。

だが今は……眠っている今だけは、いつもの意地っ張りは消え失せ、篤臣は幼子のような素顔を見せていた。

胸の上に置かれた篤臣の左手を取り、薬指の細い指輪に唇を押し当てる。そしてその手を俺の顔に押し当てると、篤臣は無意識に、指先で頬を撫でてくれた。

優しい……本当に、悲しくなるほど俺に何もかもを与え続けてくれる篤臣。

「篤臣……。ホンマに大事にする。約束するからな」

クサイと言われても、くどいと言われても、俺に言える精いっぱいがこの言葉なのだ。

俺は生涯、今日のことを忘れることはないだろう。この先、篤臣とどんなこっぴどい喧嘩をしても、どれほど互いを傷つけ合うことがあったとしても、誓いの言葉を覚えている限り、俺たちは終わったりしない。心も身体もしっかりと結び合ったまま、この先の長い人生をともに切り開いていくのだ。

俺は、篤臣をかたく抱きしめ、その耳元に囁きとキスを落とした。

「これからずっと、俺がお前の家になる。お前の眠るところは、いつも俺の腕ん中やで。

……な、篤臣」

あとがき

皆さん、お元気でお過ごしでしょうか。榀野道流です。かなりお待たせいたしましたが、「メス花」続編をお届けいたします。

前作でようやく気持ちを通じ合わせることができた江南と篤臣ですが、今回は、また……いや、あとがきから先にお読みになる方のために、本編のネタバレはやめにしましょう。とにかく、相変わらず「犬も食わない何とやら」で大騒ぎの二人を、どうぞ温かく見守ってやってください。

で、今回語りたいのは、主に書き下ろし「とりあえず愛の誓いなど」についてです。といっても内容自体ではなく、奴らの結婚式のこと。作中でも言及していますが、アメリカ合衆国では、各州が、それぞれ独自の法律（州法）を持っています。結婚のシステムも、この州法によって規定されています。つまり、州によって、結婚資格や手続きの煩雑さがけっこう異なるわけですね。

江南と篤臣が住んでいるシアトルは、ワシントン州にあります。そしてこのワシントン州は、アメリカでも州法が厳しいことで知られているそうです。当然、いくつかの州では認められている同性同士の結婚は、まだ当分許可されそうにありません。それを知っていながら、何故奴らをわざわざシアトルに住まわせたのか。それは、私が高校生のとき、シアトルにホームステイしたことがあるからです。当時は英語もあまり話せず、現地の方々とあまり深く語り合うことはできなかったのですが、それでも何人かの人たちと、何匹かの猫たちのことは、今も懐かしく思い出します。そんな、アメリカで唯一好きな町、自分が美しいと知っている町に、江南と篤臣にも住んでほしかったのです。そして、できることなら、シアトルのあるワシントン州も、早く同性同士の結婚を認めてほしいなあ、という願いをこめて。

「やおいはファンタジーだから」とよく言われます。実際、そのとおりだと思います。フィクションだし、エンターテイメントだし！　でも、キャラクターたちの心については、いつも一つの……祈りにも似た信念を持って、書いているつもりです。それは、「人が人を愛するのに、人種も性別も関係ない。心から大切に思える特別な人を見つけることができる、そのことが素晴らしいし、尊い」ということ。幸せに暮らしている同性カップルの友人たちを見るにつけ、しみじみとそう感じます。世間の人が何を言ったって、誰かに愛されること、誰かを愛することができる人は、とても豊かな人生を生きていると思うから。
だから、そういう作者の手によってこの世に生まれた江南も篤臣も、自分たちの関係を、決して恥じたり隠したりはしません。これからも、真っ直ぐ前を向いてドカドカ歩いていくことと思います。そんな彼らを、好きになってくださったら……作者として、これ以上の喜びはありません。

とりあえず、結婚式を無事済ませ、彼らの物語はこれで一段落。しかし、リクエストが多ければ、新婚さん話もどこかでお見せできるかも……？　是非、ご感想を編集部までお寄せくださいね。それでは、また本誌でお目にかかりましょう。

椹野　道流　九拝

椹野道流先生、加地佳鹿先生へのお便り、
本作品に関するご意見、ご感想などは
〒101-8405
東京都千代田区三崎町2-18-11
二見書房　シャレード文庫
「君の体温、僕の心音」係まで。

君の体温、僕の心音（シャレード2001年5月号・7月号）
とりあえず愛の誓いなど（書き下ろし）

CHARADE BUNKO

君《きみ》の体温《たいおん》、僕《ぼく》の心音《しんおん》—右手《みぎて》にメス、左手《ひだりて》に花束《はなたば》2—

【著者】椹野道流《ふしのみちる》

【発行所】株式会社二見書房
東京都千代田区三崎町2-18-11
電話　03（3515）2311［営業］
　　　03（3515）2314［編集］
振替　00170-4-2639
【印刷】株式会社堀内印刷所
【製本】ナショナル製本協同組合

落丁・乱丁本はお取り替えいたします。
定価は、カバーに表示してあります。

ISBN978-4-576-01112-7

http://charade.futami.co.jp/

CHARADE BUNKO

スタイリッシュ&スウィートな男たちの恋満載
椹野道流の本

K医大病院24時!? メス花シリーズ第6弾!!

頬にそよ風、髪に木洩れ日
右手にメス、左手に花束6

イラスト=鳴海ゆき

学位を取得した江南は、助手になることが内定し、ますます忙しい日々を送っていた。江南を労りつつサポートする篤臣は、以前より感じていた腹痛が悪化し、K医大附属病院へ緊急入院することに——。

この先何があっても、俺にはお前だけや

僕に雨傘、君に長靴
右手にメス、左手に花束7

イラスト=鳴海ゆき

恋人同士のいつもの夕食で、江南がきり出したのは、温泉旅行の提案だった。二人の心に大きな傷を残した因縁の場所。江南の真摯な言葉に、篤臣は過去と向き合うため、誘いを受け入れるのだが…。